偽証《ぎしょう》

小杉健治

祥伝社文庫

目次

偽証
ぎ しょう

1

赤と青の入りまじったネオンの明かりが、凍《い》てついた夜気《やき》の中で輝いていた。いつの間にか、ホテル街の路地に足を踏み入れていたことに気づいて、桑野貞子《くわのさだこ》の顔が強張《こわば》った。

「どうしたんだい？」

急に立ちどまった貞子に、島内久男《しまうちひさお》は訝《いぶか》しんでたずねた。

「ふるえているね」

島内は貞子の肩に手をおいた。

「困ります。私……」

貞子はうつむけていた顔をあげて言った。

島内は太い眉《まゆ》をしかめた。何か言いたそうに唇《くちびる》を動かしかけた。その声が出る前に、貞子は踵《きびす》を返していた。あわてて、島内が追ってきた。

「離婚する旦那《だんな》に、まだ、気兼ねをしているのか？」

怒気《どき》をふくんだ声で、島内が言った。貞子は立ち止まって、戸惑いの表情を浮かべ島内の顔を見つめた。

島内は、貞子が結婚前に勤めていた会社の上司で、一時、ほのかな憧《あこが》れをいだいたこともあった。七年ぶりの再会は、偶然だった。新宿《しんじゆく》のデパートでばったり会ったのである。島内は、髪には白いものがまじり、渋さが加わっていた。貞子と一回りちがうから、彼は四十六歳になるはずだった。

島内は娘の誕生日祝いの贈り物を見つくろっているところだった。貞子が女性の目線から、選んでやった。そのときは、コーヒーを飲んで別れたが、しばらくして、アパートに島内から電話があった。娘にたいそう喜ばれた、そのお礼がしたい、と島内は言った。

六年間の結婚生活を捨て、夫の誠司《せいじ》と別居して一年。島内との再会は、貞子の心に温いものを芽生《めば》えさせた。

新宿で待ち合わせし、食事をしてから、お酒を呑《の》んだ。七年の歳月は、貞子を結婚生活に疲れた三十過ぎの女に変えていた。しかし、島内は貞子を美しくなったと言った。大人《おとな》の女性になったと。他人の目にはそう映るものなのかと、貞子は思った。

貞子は自分の身の上話をした。姓は広瀬《ひろせ》に変わったが、別居しているので旧姓の桑野を名乗っていると言った。別居は夫の女遊びが原因だと打ち明けた。離婚するつもりだが、相手がまだ承知しないのだと語った。島内はだまってグラスをかたむけていた。

二軒目のスナックを出て、島内は貞子をホテル街に連れて行こうとした。はじめから、その下心があったのか、貞子にはわからなかった。ただ、その島内の動物的な行動が、貞子にはショックだった。

「わかった。帰ろう」

貞子の表情に、強い拒絶の意志を見たのだろう、島内は自嘲《じちょう》ぎみに言った。すでに丸《まる》の内《うち》で働く鉄鋼会社の部長の顔にもどっていた。

「もうしわけありません」

貞子はあやまった。しかし、島内は答えなかった。

島内は、顔をそむけていた。貞子は、ホテルの前まで来て目的をはたせない男の自尊心を考えた。きっと、島内は怒っているだろう。駅に向かいながら、そのことが貞子の胸をしめつけていた。

駅の近くに、ラーメン屋の暖簾《のれん》が風にゆれていた。島内は寄っていこうと言った。別に空腹だからではなく、このまま駅に着いて気まずく別れることが堪《たま》らなかったにちがいない。

終夜営業のラーメン屋の暖簾をくぐると、U字型のカウンターに数名のサラリーマンふうの若い男、初老の作業員ふうな男、そしてカップルが肩を寄せ合うようにして口を動かしていた。

貞子と島内は入口付近に腰をおろした。

島内は日本酒を頼んだ。銚子と小さなグラスが運ばれてきた。貞子がつごうとするのを押さえて、島内は手酌《てじゃく》でついだ。

島内は、さっきから無言だった。怒っているのだろう、と貞子は思った。自分は男に恥をかかせたことになるのだろうか。しかし、貞子は島内に対し、もっと精神的な部分での触れ合いを期待したのだ。七年ぶりに再会し、たとえ別居中とはいえ、貞子は人妻であり、島内にも妻子がいる。島内が、かんたんに女をホテルに連れ込むような男と考えていなかったぶんだけ、貞子は落胆した。

カウンターの隅で、女がひとり、手酌で日本酒を呑んでいた。銚子が二本ならんでいる。はでな赤い洋服で、おかっぱ頭の髪を染め、若作りしているが、よく顔を見ると、目尻や口許《くちもと》に無数の皺《しわ》があった。服装と顔だちのちぐはぐさに、貞子は違和感を持った。

注文したラーメンが目の前に出された。貞子は黙ってラーメンをすすった。

銚子が空《から》になったのか、島内は煙草《たばこ》をくわえ火を点《つ》けた。煙を吐くとき、顔をしかめた。昔はこんな表情はしなかった。この人は、いつからこんな寂しい表情で煙草を吸うようになったのだろう、と気になった。

箸を置いて顔をあげると、さっきの女がラーメンを注文した。

貞子は女を観察した。明るい光線の下で、女はどこかもの憂《う》げな姿をさらけだしていた。その姿は妙に寂しい感じだった。

夜中の十二時近い時間に、一人で酒を呑んでいる女性を見て、貞子は遠い昔、近所の教会で出会った寿美子《すみこ》という女を思い出した。

寿美子と会ったのは、貞子が十六歳の頃《ころ》だった。あの当時で、今の貞子ぐらいの年齢だったろうか。

いつも、派手な化粧をしていた。着ているものも派手な色で、それも安物としか思えなかった。熱心な信者のようだったが、他の信者から嫌われていた。とくに、女性信者からの評判は悪かった。貞子は、なぜ、彼女が皆から疎《うと》まれているのかわからなかった。

ある時、男の信者から寿美子の商売を聞かされた。彼女は売春婦だという。上野《うえの》付近にいたらしい。

それを聞いて、貞子は軽い衝撃を受けた。以来、彼女のことが頭から離れなくなったのだ。そんな女が教会でお祈りを捧げることが、納得できなかった。

しかし、貞子はどこか彼女に惹《ひ》かれるものがあった。身寄りがないという、同じような境遇だと思ったせいだろうか。

いつの間にか、寿美子の姿は教会から消えた。彼女の姿が見えなくなると、貞子は無《む》性《しょう》に彼女に会いたくなった。上野周辺を探しまわった末、彼女が新宿にいることを聞いて、貞子は新宿まで行った。

新宿三丁目の周辺を探しまわった。薄暗い中に、女装した男がたむろしており、薄気味悪かった。

探しあぐね、疲れ果てて、薄暗い公園にやってきた時、固まっていた数人の女の群れから、声をかけてきた女がいた。それが寿美子だったのだ。

彼女は、貞子を屋台のラーメン屋に連れていって、ごちそうしてくれた。

「おいしい！」

貞子はその味をいまでも覚えている。それは単にそのとき食べたラーメンの味ばかりでなく、寿美子とのふれあいがおいしさを倍加させたのだと思った。

あのとき、貞子は彼女に、どうしてこんなことをしているのか、と訊《たず》ねた。

寿美子はしばらく困ったような顔をしていたが、ふいに口を開いた。

「世の中には、寂しい男がたくさんいるよ。みんな寂しいのさ。そんな男たちを慰《なぐさ》めてやって、お金をもらってどこが悪いのさ」

寿美子の都合のいい言いわけだと思った。体を売るということに、貞子はやはり納得できなかった。そう思っても、寿美子という人間を否定することはできなかった。

「もう、こんなところに来るんじゃないよ」

別れ際《ぎわ》、彼女は別人と思えるような恐い顔をして言った。

その寿美子の姿が新宿から消えたのは、それから数年後であった。仲間の女に訊《き》くと、入院中の子供が亡くなって、どこかへ消えたのだと答えた。

彼女に子供がいたことを、そのとき初めて知った。

「どうした？」

耳元で声がした。島内が不審そうな顔で、貞子を見つめていた。

「いえ、なんでも……」

あわてて、貞子は言ったが、真正面の女と寿美子の姿が重なった。

「さあ、行こうか」

島内が言った。貞子はバッグから財布を取り出し、

「すみません。あの方の勘定もこれでお願いします」

と言って、五千円札を出した。

「あの方？」

島内が首をかしげて訊いた。貞子が視線を女に送った。島内も貞子の視線を追った。

「どうして？」

と、島内が不審の色を浮かべて小声で訊いた。

「お願いします」

貞子は、島内の質問に答えず言った。

「お金は私が払う」

「いえ、あの方のぶんだけは私に……」

島内が不思議そうな顔で、貞子を見た。島内は立ち上がってから店員に、そちらの方のぶんも、これで払ってくれと言った。

外に出るとき、女のほうに目をやると、女も貞子を見ていた。女はうれしそうに頭をさげた。

「君は不思議な人だ……」

外に出ると、島内が言った。強張った表情は、変わらなかった。しかし、それ以上は、何も言わなかった。

新宿駅で、貞子は島内と別れた。島内は一度も振り返ることなく、去って行った。

貞子は、最終電車に乗り込んだ。もう島内は自分を誘ってくれない、と思うと、貞子は涙がこみあげてきた。

2

貞子が夫の誠司と別居して、三鷹《みたか》市のアパートに移り住んでから一年経《た》った。

誠司は、新宿の高層ビルに本社を置く、情報処理機器メーカーの営業マンであった。元は卓上計算器から出発したこの会社も、二十年前から、情報処理の分野に進出し、飛躍的に発展していた。

激しい恋愛の末、貞子は誠司と結ばれた。貞子が二十八歳のときだった。どちらかというと、二つ年下の誠司のほうが積極的であった。

仕事もやめた。夫のために朝の食事の支度《したく》をし、仕事に疲れて帰ってくる夫のために、夕食を作る。そんな毎日が続いた。

しかし、そんな生活も三年経つと、徐々にひびが入ってきた。営業の誠司は毎晩のように帰宅が遅かった。単に接待だけではないと気づいたのは、誠司が朝帰りするようになってからだった。

貞子が問い詰めると、誠司は惚《とぼ》けた。嘘《うそ》を平気でつけるような男だと知ったのも、その頃だった。

長身だが少し甘え上手な誠司は女によくもてた。水商売の女から、頻繁《ひんぱん》に家に電話があった。誠司は貞子の前でも、平気で虫酸《むしず》の走るような言葉を口にした。

単なる浮気から、誠司に特定の女がいると知ったのは二年ほど前だった。朝帰りがさらに多くなった。水商売の女が相手だった頃は、貞子はどうにか我慢したが、同じ会社の若いOLと深い関係になっていることを知って、怒りは爆発した。誠司は殊勝《しゅしょう》な態度で、OLと別れると約束した。

しかし、誠司の遅い帰宅は続いた。ゴルフだと言っては、日曜日も外出した。

貞子はいつも寂しく夕飯を食べ、独り日曜日を過ごした。それでも、OLと別れるという誠司の言葉を信じていた。

だが、誠司の部屋を掃除していて、夫の鞄《かばん》の中に避妊具を見つけたとき、貞子はもうだめだと思った。

しかし、それから別れる決心がつくまで半年を要した。

誠司は離婚届をまだ役所に出していなかった。そのまま、ずるずるした形で、きょうまで来てしまったのである。

誠司とは、月に二度、生活費を貰《もら》うということで会っている。会うたびに離婚の手続きを催促《さいそく》するが、誠司はいつものらりくらりと言い訳をする。離婚を迫るが、それ以上に強気に出られないのは、そのたった一枚の紙切れによって、誠司と縁が切れ、ひとりぼっちになってしまうことへの恐れもあったからかもしれない。

会うと、誠司は貞子を抱いた。心では嫌悪《けんお》しながら、誠司の胸の中で喜びの声を発する自分をあさましいと思いつつ、誘われるままにホテルに行ってしまう。

誠司は、別居しても貞子を自分のものにしておきたいというずるさを持っているのだ。貞子にしても、離婚によって、永遠に誠司と縁が切れることのせつなさを、できるだけ引き延ばしたいという気持ちもあったのだろう。誠司はそんな貞子の気持ちを知り抜いていて、なかなか離婚に応じようとしないのだ。それが、誠司の手と知りながら、貞子は逆《さか》らうことができなかった。

誠司に抱かれた後、ベッドの中で、貞子は必ず目尻を濡らした。ホテルを出て、誰もいないアパートに帰るせつなさに、胸をしめつけられた。

貞子が、誠司に抱かれるのは、寂しいからなのかもしれない。夜中に、ふと目を覚まし、誰もいないと気づいて、何度も涙を流したものだった。

(自分は、不幸と同居しているんだわ)

そう思うと、無性《むしょう》に悲しくなって、朝まで眠れなくなるのだった。

島内との再会は、その寂しさにほのかな温かみを与えた。しかし、島内がホテルに誘ってきたとき、貞子は失望したのだ。欲望のまま、貞子を抱こうとすることに嫌悪感を抱いたのだ。島内の中に、誠司と同じものを見たのである。

貞子は現在、市ケ谷《いちがや》にある小さな会社の事務員として働いている。何の資格があるわけでなかった。とりあえず、一般事務をするしかなかったのだ。給料も安い。それでも、会社では話し相手がいるし、寂しさは紛《まぎ》れた。たまには呑みに行ったりして、騒ぐこともある。それなりに楽しかった。しかし、週末は皆、家庭に戻る。誰もが、土曜、日曜は家庭の時間のためにとってあるのだ。

ふだん、どんなに親しい人間でも土曜と日曜は、貞子を振り向いてくれなかった。貞子に好意を寄せているらしい会社の上司も、土曜日はわが家に戻った。

貞子は週末がやってくるのが恐かった。最初は、休日が楽しみだったが、仕事に馴《な》れるにしたがい、それは苦痛に変わった。たまらない寂しさが襲ってくるからだ。それはいたたまれないほどだった。

島内と気まずい別れをしてから、はじめて迎える土曜日は、よけいに落ち込んでいた。思い出してみると、自分には、いつも寂しさがつきまとっているようだ。

貞子が十代のころ、一時通っていた教会もそうだった。あそこにも、寂しい人たちが来ていた。

売春婦の寿美子と出会ったのも、その教会だった。

かつて住んでいた町へ行ってみたいと思ったのは、その瞬間だった。いったん、そう思うと、いてもたってもいられなくなった。

午後になって、貞子は地味な装いで出かけた。わざと地味な服装にしたのは、そこが派手な衣装の似合う町ではなかったからだ。貞子の心は妙に弾《はず》んだ。まるで、昔の自分に出会う旅に出る気分だった。

新宿に出て、山手線《やまのてせん》に乗り換える。上野から私鉄に乗った。

密集した家々の屋根が目の前を通り過ぎて行く。隅田川《すみだがわ》を越え、やがて、荒川《あらかわ》を越えた。荒川を越えると葛飾《かつしか》区であった。私鉄の笹本《ささもと》駅のホームに下りると、風の匂いまで懐《なつ》かしかった。高架のホームから、大きく曲がりくねって、町中を流れている川が見えた。駅前は小さな呑み屋がぽつんぽつんとあった。

貞子は昔に戻ったような思いで小さな改札を抜けた。

駅前は狭い商店街だった。買物客の姿もちらほらあった。

十数年ぶりだった。貞子は十代の頃まではこの町に住んでいたのだった。

商店街を抜けると、その一帯は古いアパートや零細《れいさい》企業が並んでいる。小さな工場の中から機械の音が聞こえてくる。懐かしい音だった。子供の頃は煩《わずら》わしい騒音だったのに、妙に心地好《よ》く、胸に響いた。

昔、住んでいた街並みは確かに変わっていた。しかし、よく見ると、その変わり様《よう》は、それほど激しくなかった。それは、長い年月に徐々に変化していったようだった。曲がりくねった路地裏も、道の真ん中にあったマンホールも昔のままだった。小さな神社では子供たちが遊んでいる。貞子は遠い日の自分が、ふいに目の前に現れたような気がした。

あの川の向こうに、教会があるはずだった。貞子は、小さな橋を渡った。

教会の前に立った。

門が閉まっていた。今は幼稚園を経営しているのか、印象がだいぶ違っていた。

買物かごをさげた主婦らしき女性が、貞子を見ながら通り過ぎていく。

貞子の母は、彼女を連れて子供のいる男の後妻に入ったので、兄や姉とは直接、血の繋《つな》がりはなかった。新しい父は酒呑みで、女にも手が早かった。兄姉の中で、貞子はいつもいじめられれどおしだった。

それでも、母が生きている間はよかったが、母が若死にすると、貞子はやっかいもの同然だった。

貞子はいつもひとりで泣いていた。兄や姉の前で泣けば頭をはたかれる。だから貞子が泣くのは、たいてい誰もいない夕方の土手だった。夕焼けが町の屋根の上に落ち、遠くに富士山の頂上がぽっかり浮かぶ姿を見ながら、よく泣いたものだった。

そんな彼女を不憫《ふびん》に思ったのか、近所の主婦が教会に連れていってくれた。教会には、いろいろな人がいた。世の中に、自分より不幸な人が大勢いることを知った。

貞子が中学を卒業するときに、教会で知り合った身寄りのない老婦人が貞子を引き取って養女にしてくれた。血の繋《つな》がりのない父親、兄姉は、やっかい払いできたと喜ぶように貞子を送り出した。貞子にとっても、肩身の狭い思いをして暮らしているより、老婦人との生活のほうが楽しかった。高校を卒業した年に、その老婦人も亡くなり、貞子はまたひとりぼっちになってしまった。

ゆっくり、夕暮れが迫ってきた。貞子は、やっと教会の前から離れた。

再び、商店街のほうに戻った。そろそろ夕方の活気を呈《てい》していた。買物客が狭い道にあふれ出てきた。しばらく歩いていると、スーパーがあった。昔はもちろんなかった。その隣の奥に引っ込んだ所に、映画館があった。貞子は、思わず感激の声を上げた。

よく通った映画館だったからだ。友達もなく、家に帰ってもつまらない。寂しさを慰めてくれたのは、この映画館だったのだ。

貞子は『新映館《しんえいかん》』と看板のかかっている映画館の前に立った。懐かしかった。壁が剝《は》がれ、壊れた座席。今でも、あのままかしら、と確かめたくなった。そう言えば、映画なんて何年も観《み》ていなかった。

ポスターは、古い名作映画だった。昔、観て感動した映画だった。

気がつくと、貞子はチケットを買っていた。

扉を開けると、小さな客席だった。もっと広かったと思ったが、自分がまだ幼なかったからだろうか。

館内は意外と混んでいた。土曜日のせいかもしれない。白黒の画面には、若きイングリッド・バーグマンとゲーリー・クーパーが映っている。

貞子は隅のほうに空席を見つけた。席に座り夢中になって、スクリーンを観ていた。

昔は自分がヒロインになったような気になり、ワクワクしながら映画に観入ったものだった。こんな思いで映画館にいるのは久しぶりのことだった。

脚に何かがふれるのを感じたのは、映画が佳境《かきょう》に入ったときだった。ハッとして、横を向くと、手がすっとひっこんだ。

急激に、貞子の心臓がどきどきした。

それから、貞子は映画どころではなくなった。十代の頃は、通学の途中で痴漢《ちかん》にあったことがあるが、最近ではまったく体験がなかった。

貞子はチラッと、横の男を見た。男は顔をスクリーンに向けて惚《とぼ》けていた。若い男のようだった。もっと、あぶらぎった中年男を想像した貞子は、少し安堵《あんど》した。気の弱そうな若者に思えたからだ。

貞子は再び、スクリーンに目をやった。

しばらくして、貞子はドキッとした。また、男の手が伸びてきたのだ。おそらく、貞子が騒がなかったので、味をしめたに違いない。貞子は体を固くした。

男の手はスカートの上から太股《ふともも》をまさぐり出した。貞子は、思い切って男の手をつかんだ。意外なことに、その手は小刻みに震《ふる》えていた。男は貞子に手をとられたままうつむいていた。貞子は、大声を出そうと思ったが、急に気持ちが萎《な》えた。男の手を払いのけるように押しやった。

男は二十五歳前後に思えた。そのとき、寿美子の言葉を思い出した。

〔寂しい男たちを慰めてやっているのさ〕

あのときは、かってな理屈だと思っていた言葉を、こんなときに思い出すことが不思議だった。

この男も寂しいに違いない。週末なのに、独りで映画を観て過ごす。その寂しさは、貞子もよく知っていた。

おそらく、寿美子は自分の行為にせめてもの正当性を見出したかったのかもしれない。それは自分の子供に対する言いわけでもあったのだろう。寿美子の子供は、あの当時で中学生ぐらいだったそうだから、生きていればこの若者ぐらいかもしれない。

そんなことを考えていると、男がまた手を伸ばしてきた。貞子は、払いのけようとした手をとめた。

もし、男の手がこれ以上伸びてきたら、はねのけるつもりだった。しかし、男の手は遠慮がちに、太股のあたりをなでまわしているだけだった。それによって、この若者が寂しさから解放されるなら、それでいいという気持ちになった。

映画が終わって場内が明るくなった。男は顔を隠すようにして、そそくさと立ち上がった。若者が去ったあと、貞子はぐったりした。緊張しっぱなしだった。

ようやく、貞子は座席を立った。

3

貞子は将来のことを考えると、いつも不安で睫毛《まつげ》を濡らした。年をとって、ひとりぼっちで生きていくことに、自信がなかった。血の繋がらない兄と姉とは、もうまったく他人になっていた。

あれから、島内は連絡してこなかった。こちらから電話をしてみようと思い、受話器を握ったことが、何度もあった。しかし、ため息とともに受話器を置いた。島内の家庭に波風を立てるような真似はしたくなかった。

一週間はすぐに過ぎる。また、土曜日がやってきた。

平日は、仕事の忙しさに追われ、気持ちも紛れるが、週末は突き放されたような気分になる。

午後、近くのスーパーに出かけたついでに、最近できたファストフードの店に入った。柔らかい陽差《ひざ》しがガラス窓から入ってくる。もう三月だった。三月の声を聞いただけで、風も暖かくなったような気がした。

二階の窓際には、カップルが顔を寄せ合うようにして、ハンバーガーを食べている。向こうのテーブルでは、若い母親が小さな女の子にポテトを食べさせている。

貞子はそんな光景から目をそらした。窓の下に目をやると、女子高校生のグループが笑いながら通った。周囲が楽しそうなぶんだけ、貞子の心の空洞は大きくなっていった。

貞子の気持ちは沈んだまま、アパートに帰った。

気がつくと、貞子は洋服ダンスを開けていた。先週と同じ地味な洋服を着て、サングラスをかけた。

あの町が呼んでいるようだった。改札を抜けると、貞子は何かに急《せ》き立てられるように、映画館に向かっていた。

先週と同じ、バーグマンの映画だった。無意識のうちにチケットを買った。座席はがらがらだった。貞子は、この前と同じ場所に腰を下ろした。

スクリーンを見ているうちに、なぜ自分はここに来たのだろうか、と考えた。無意識のうちにやってきてしまった。そのうちに、貞子の頭の中は映画から離れ、あの若者のことを考えていた。

しばらくして、目の端に人の姿が入った。貞子が横目で見ると、この前の若者のようだった。貞子は胸が激しく波打った。

若者は、他の空席を無視して、貞子の二つ隣の座席に腰を下ろした。そして、やがてすぐ隣に移ってきた。貞子は気づかぬふりをしていた。心臓の動悸《どうき》が耳にまで達してきた。

隣に来た男が軽い驚きの声をあげたのがわかった。男も気づいたようだった。

男の手がそっと伸びてきた。膝《ひざ》に置いた貞子の手をつかんだ。貞子は緊張した。

手を握られても、貞子には奇妙なことに嫌悪《けんお》感はなかった。この若者が、自分の若い頃と重なっていた。

この若者にはガールフレンドどころか、男の友達も少ないのだろう。これが中年男だったら、貞子は耐えられなかったかもしれない。しかし、自分よりずっと年下だと思うと、その行為がかえって哀《あわ》れに思えてくるのだった。

それでも、男の手がもっと奥に伸びてこようとしたときには、貞子は男の手を強く払った。男はびっくりして手を引っ込めるが、しばらくして、また手を伸ばしてくる。

この若者が、この程度のことで寂しいはずの週末を楽しく過ごせるなら、貞子は許してやれる気がした。だが、それは、あくまでもこの場のことである。やはり、この男のしている行為は異常であり、反社会的行為に違いなかった。それより、貞子の行為も決して他人には理解してもらえるはずはなかった。あくまでも、名も知らぬ、寂しい若者との、この場末の映画館での交流に過ぎなかったのだ。

そんな思いが、若者にも通じたかのように、あまり無茶な行為には及ばなかった。脚をなでるだけであった。

映画が終わり明るくなって、若者は立ち上がった。

若者の後ろ姿を見ながら、貞子も立ち上がった。

映画館を出ると、すっかり暗くなっていた。

貞子は、その男の後を尾《つ》けた。男は細い路地を曲がり、やがて、木造モルタルの古いアパートの前にやってきた。そして、外側にある階段をとんとんと音をたてて上がっていき、右から二つ目の部屋のドアに鍵を差し込んでいた。

緑風荘《りょくふうそう》というアパートだった。

部屋の窓が明るくなった。若者は部屋の電気を点《つ》けたのだ。貞子は、しばらくその場にたたずんでいた。あの若者の生活ぶりを想像した。

やがて、男は洗面道具を持って部屋から出てきた。銭湯に行くようだった。

それから、また一週間経った。

貞子は土曜日を待ち焦《こ》がれるようになっていた。心の奥では期待していたのかもしれない。

午後になって、貞子は落ち着かなくなった。

貞子はまた出かけた。

笹本駅の改札を抜けると、ときめきに似た興奮を覚えた。

映画館は、新しいフィルムに変わっていた。二年ほど前にヒットした映画である。貞子はチケットを買った。いつもの席は空《あ》いていた。

まるで、約束でもしているように、隣に例の若者が座った。そして、同じような行為が繰り返された。

それは不思議な繋がりであった。およそ他人には理解できない関係だった。

貞子は映画館を出て、駅から電車に乗って帰る間、楽しい気分でいられた。結局、寂しい男を慰めているつもりでも、自分のほうが寂しさを紛らわしているのかもしれない、と貞子は思った。

4

貞子がその新聞記事を見たのは、翌日だった。

若妻、絞殺される！

社会面を開いたとき、その記事が真っ先に目に飛び込んだ。大きな見出しだった。被害者の写真が出ている。美人というより、可愛《かわい》らしい顔だちをしていた。それが、よけいに凄惨《せいさん》な感じを与えた。

いつもは、惨《むご》い事件記事は読み飛ばしてしまうのに、その記事に注意がいったのは、笹本四丁目という地名が目に飛び込んだからである。

――昨夜十時ごろ、葛飾区笹本四丁目二番地の『笹本マンション』の十二号室の進藤孝《しんどうこう》造《ぞう》さん（二八）方で、進藤さんが帰宅したところ、妻の美智子《みちこ》さん（二二）が首を絞められ殺されているのを発見し、警察に通報した。警視庁は、着衣が乱れているところから――。


犯行時刻は午後七時十五分前後らしい。これは、その時間にマンションの真向かいの部屋の主婦と子供が、悲鳴のような声を聞いているからである。

ちょうど、その時間、貞子は笹本四丁目にいた。その近くの映画館で、映画を観ていたのである。

新聞をテーブルに置くと、テレビを点けた。ＮＨＫの昼のニュースでも、この事件を報道していた。

しかし、貞子には無縁の事件であった。

貞子が洗濯をしているとき、電話が鳴った。誠司だと思った。ときたま、電話をかけてよこすことがある。

「島内です」

電話の向こうで声がした。

「まあ、島内さん」

思いがけない相手に、貞子の胸がときめいた。

「先日は失礼しました」

「いえ、私のほうこそ」

貞子はそう答えたあとで、いつかの夜のことが頭をよぎった。島内の用件を期待するように耳をすませた。

「きょう、お時間、ありませんか？」

「ええ、空いてます」

「よかった」

島内はホッとしたように言った。

「また、娘に買い物をねだられてね。娘からあなたに選んで欲しいってせがまれて」

「娘さんが？」

「ええ、あなたのことを話したら、ぜひ、買い物につきあってもらってくれって、うるさいんですよ。つきあってもらえませんか？」

「でも……」

「迷惑？」

「いえ、迷惑だなんて」

ふと、島内の妻のことを思ったのだ。奥さまは、と訊ねようとしたとき、島内の声が届いた。

「じゃあ、いいんだね？」

貞子は受話器を置いて、しばらくためらっていたが、急に立ち上がった。いそいそと外出の支度をはじめた。きょうは、明るい柄にした。自然に、ハミングしていた。

新宿で、貞子は島内父娘《おやこ》と会った。歩行者天国は人があふれていた。その雑踏《ざっとう》が、貞子には心地好かった。

最初は、はにかんでいた娘の美穂《みほ》も、しだいに、貞子になついていった。美穂は中学二年生で、長い髪をした、目の大きな素直な少女だった。歩きながら、貞子の腕をつかんできた。それは甘えるかのようだった。

三人で買い物をし、食事をした。貞子はひさしぶりに楽しい時間を過ごした。ただ、ときどき、島内の妻のことを思い出した。

「私のお母さんになってくれるとうれしいんだけど……」

食事中に美穂が唐突《とうとつ》に言った。

「お母さん？」

「ねえ、なってくれない」

美穂は顔を輝かせて言った。

「私でいいの？」

貞子は笑顔で言った。

「ほんとうになってくれるの？」

美穂が熱い眼差《まなざ》しを向けたので、貞子は戸惑った。冗談だと思っていたからだ。

貞子は島内の顔を見た。

「こいつは本気なんです」

島内が妙に真剣な顔で言った。そのときになって、初めて貞子は気づいて、

「奥さまは？」

と、きいた。

「亡くなったんだ。三年前に……」

貞子は息をのんだ。美穂がすがるような眼で貞子を見つめていた。

美穂がトイレに立ったとき、

「美穂が言ったこと、真剣に考えてくれないか」

と、島内が言った。

「いや、すぐに返事をもらおうと思ってはいない。心の中にとめておいて欲しいんだ」

島内はあわてて言ってから、

「この前、ぼくは恥ずかしかった。あんな真似《まね》をして……」

と、顔を赤らめて言った。ホテルに誘ったことを言っているのだ。

「あのラーメン屋での、君の行動を見て、なんと心の美しい人だろうと思った」

「えっ?」

「ほら、ひとりで酒を呑んでいた中年の女性のことさ」

「まあ……」

貞子は顔が熱くなるのを感じた。そのとたん、貞子の胸に苦いものがこみあげてきた。あの映画館の行為のことだった。自分の行いが、急に汚《けが》らわしく、破廉恥《はれんち》に思えたのだ。

「どうしたの?」

島内がきいた。貞子はあわてて、

「いえ、なんでもありません」

貞子は島内の目を見て、

「正式な返事はしばらく待ってください。まだ、離婚の手続きはすんでいないんです」

「いつまでも待っている」

島内はきっぱりと言った。

「今度、うちに来てくれないか、三人で食事がしたい」


葛飾区笹本四丁目で起きた若妻殺しで、警視庁捜査一課と笹本署は、当初、死体の発見者である夫を厳しく追及した。夫婦仲の悪いことは、近所でも評判だった。派手好きな妻と、真面目《まじめ》そのものの夫とは喧嘩《けんか》が絶えなかった。

しかも、夫にはアリバイがなかった。その日、土曜日で会社が休みにもかかわらず、夫は外に出ていた。

「――妻がボーイフレンドと日曜日にテニスに行く約束をしていたので、つい喧嘩になって、家を飛び出してしまったのです。だから、車を乗り回していました」

夫はこう供述した。妻には、結婚前からつきあっているボーイフレンドがかなりいたようだ。

しかし、夫の容疑は簡単に晴れた。夫が、横浜《よこはま》市内でパトカーに呼び止められていたのである。スピード違反であった。

その結果、新たに浮かび上がったのが、坂井《さかい》製作所の工員、石部五郎《いしべごろう》という二十五歳の男であった。

捜査本部が石部五郎に狙いを絞った理由は、まず、目撃者の証言である。現場周辺を聞き込みしていた捜査員が目撃者を見つけた。この目撃者はマンションから二百メートルほど離れた商店街で酒屋をやっており、その日は配達の途中だった。酒屋の主人は、事件当日の夜七時半ごろ、マンションの前を通りかかったところ、マンションからあわてて飛び出してきた男を見た、と証言した。

この主人は、「確か、坂井製作所で働いていた人に似ていました。よく、酒を買いにくるから、顔を覚えています」と、言った。

さらに、一年前にあった女子高校生暴行未遂事件でも、この石部が容疑者に上がっていた。その事件は未解決であった。

殺害現場の室内のドアや柱から、石部の指紋が検出された。

石部五郎の実家は東北の農家である。高校を卒業して上京し、電機の専門学校に入ったが、学校を一年で中退した。悪い仲間ができたのである。スナックで働いたこともあったが、故郷の親から地道に働くようにと説得され、今の坂井製作所に入ったらしい。

警察は、石部を参考人として調べた。石部は長い顔で頬《ほお》がこけていた。脅《おび》えたような目で、取調室にいる刑事の顔を見た。

「進藤美智子さんを知っているね？」

取調べの警部補は、最初は穏やかに切り出した。

「ときたま顔をあわす程度です」

石部は口ごもるように答えた。

「おまえがあの奥さんに言い寄っていたことは知っているんだ！」

警部補が怒鳴《どな》った。警察は、石部を本ボシとにらんでいた。

「どうなんだ？　正直に言わないと、あとで後悔することになるぞ」

石部は顔をあげ、

「俺じゃありません。俺が殺したんじゃない！」

と、叫んだ。

「誰も、そんなことを訊いちゃいない。あの奥さんに言い寄っていたんだろう？」

「ちょっと可愛いので、一度声をかけただけで」

警部補はぐっと睨《にら》みつけ、

「つきあってくれたのか？」

「いえ、マンションまでいっしょに歩いて行っただけです」

「それで、奥さんに乱暴しようとして、部屋に押し入ったんだな」

「違います。そんなことしません」

「嘘つくんじゃない。部屋から、おまえの指紋が検出されているんだ」

「すみません。乱暴しようとして部屋に入りました。でも、抵抗されたので、すぐ引き上げたんです。ほんとうです。それに、部屋に入ったのは五時過ぎです」

「おまえが、あの部屋に入ったのは、七時から七時半の間だ！」

「違います。五時過ぎです」

「じゃあ、夜七時から七時半の間、どこにいた？」

「映画を観ていました」

「映画？」

「ほんとうです。あのマンションを出てから、新映館という映画館に行きました」

　警部補は、うんざりしたような顔で、

「映画館で誰かと会ったのか？」

と、きいた。

「……いえ」

　一瞬、間があった。

「映画は何をやっていた？」

「えっと、古い映画です。ヒッチコックの……」

「どんな内容だった？」

「えっと……」

石部は口ごもった。額《ひたい》にうっすら汗を浮かべていた。

「どうした？　覚えていないのか？」

「ええ……」

「映画を観ていたなら、筋は覚えているだろう？」

「じつは、隣にいた女性のことばかり考えていたんで、映画は頭に入っていないんです」

「女性？」

「そうです。その女性と、ずっと一緒でした」

警部補は、机を叩いた。

「でたらめ言うな！」

石部は脅《おび》えたように体をすくめた。

「嘘じゃないです。ほんとうです。ずっと、その女性の脚を触っていたんです」

石部の訴えを、警部補はうんざりした顔で聞いた。

「ちょうど、三週間前の土曜日、映画を観ていたら隣の座席に、女性が座ったんです。そっと手を伸ばし、女の人の膝に手の甲でふれました。それから、徐々に手を伸ばしたんです。女がびっくりしたように体を震わせたので、すぐ手を引っ込めた。でも、騒ぎ出さなかったので、しばらくして、また、手を伸ばしたんです。それで、少し大胆になって股のあたりをさすると、女の人はされるがままになっていたんです。その次の週の土曜日に映画館に行くと、やはり、その女性が来ていました。隣に座り、やはり、同じことをしていたんです」

取調官は顔を見合わせた。

「事件のあった土曜日も、その女性が来ていました。あの奥さんにふられたから、あの夜は、女性の後を尾けたのです」

「仮にだ。その女性が映画館に行ったとしよう。だが、おまえの痴漢行為を黙って見過ごしていたなんて話を誰が信用するか？」

「ほんとうです。その女性に訊いてくれ！」

石部は訴えた。

「桑野貞子という人です。三鷹に住んでいるんです」

5

貞子が喫茶店で待っていると、入口に誠司がにやにやしながら現れた。

「何だい。急に呼び出して」

島内父娘と会った翌日、貞子は誠司の会社に電話をして、会いたいと言ったのである。

「離婚の件、早くしてちょうだい」

真向かいに誠司が腰をおろすなり、貞子は語気を強めて言った。

誠司は白い歯を見せたまま、

「そのうちな。そんなに焦るなよ」

と、答えた。貞子はムッとして、言い返した。

「いつまで待たせる気なの。もう、一年以上も経つのよ」

「六年もいっしょに暮らしたんだ。一年ぐらい、たいしたことないじゃないか」

「卑怯《ひきょう》だわ!」

貞子は睨みつけて言った。

「なんだよ、そんな恐い顔をして。いままで、そんなこと言わなかったじゃないか?」

誠司は唇を歪《ゆが》めた。

「よくもそんなことが言えるのね」

貞子は軽蔑《けいべつ》したように言った。

貞子の様子がいつもと違うことを察したのか、誠司は軽薄そうな笑みを引っ込めた。

「まさか、好きな男ができたんじゃないだろうな？」

誠司は表情を強張らせた。

「そんなこと、あなたには関係ないわ」

「相手は誰なんだ？」

貞子は横を向いた。しばらく、貞子を睨みつけていた誠司は、いきなり乱暴に立ち上がった。すっかり冷え切ったコーヒーが少し、テーブルにこぼれた。

「さあ、行こう」

貞子は誠司の顔を見上げた。

「どこへ行くの？」

「決まっているじゃないか。いつもの所だ」

いつもの所とはホテルだった。

「いやよ」

「俺に抱かれに来たんだろ」

誠司は平然と言った。貞子は、立ち上がると、いきなり誠司の頬を殴った。パチンという大きな音がした。周囲の客がびっくりしたように顔を向けた。

貞子は、誠司から逃れるように駆《か》け出した。

三鷹駅に下りたのは九時過ぎだった。アパートの自分の部屋の前に行くと、二人の男が立っていた。

貞子の姿を見て、男が近づいてきた。

「桑野さんですね？」

男は警察手帳を見せて訊ねた。

「ちょっと、お訊ねしたいことがありまして……」

年配の男が言った。

貞子は、刑事の訪問に戸惑いを隠せなかった。隣室の主婦が顔を覗《のぞ》かせた。

「中に入れていただいてよろしいですか？」

刑事は穏やかそうな顔で言った。その後ろに、背の高い若い刑事が立っていた。

「どうぞ」

刑事は玄関の中に入った。貞子は、刑事を居間にあげようとしたが、年配の刑事は遠慮した。

「ここでかまいません」

貞子は奥から座布団《ざぶとん》を持ってきた。

年配の刑事は頭をさげて腰を下ろした。貞子も廊下に正座した。狭い場所に、若い刑事は立っていた。

「この前の土曜日の夜、三月十四日の夜ですが、どこかへお出かけでしたか？」

世間話のような気楽な感じで、刑事がきいた。

「土曜日……」

貞子はつぶやいた。その瞬間、あの映画館での行為を思い出して、貞子はうろたえた。太股を這《は》う手の感触が蘇《よみがえ》り、顔が熱くなった。

「どうしてそんなことを？」

貞子はやっと口を開いた。

「ある事件のことで、参考のために……」

「事件？」

貞子の心臓の動悸が激しくなった。

「で、どこに？」

刑事が訊いた。その目は、射竦《いすく》めるような光があった。

「アパートにおりました」

貞子は嘘をついた。

「ほんとうですか？」

「いったい、どういうことですか？」

貞子は堪《たま》らずにきいた。

「ある事件に関係した男が、土曜日の夜七時から七時半の間、映画館であなたと一緒だったと言っているんです」

刑事の声が、貞子の耳から次第に遠くなった。代わって、島内の顔が浮かび、美穂の顔が目の前をよぎった。

「私、知りません。そんな場所に行ってません」

貞子は思わず声が高くなった。

刑事は、事件の内容は話さなかったが、葛飾区笹本で起きた若妻殺害事件を指しているのだと思った。

「間違いありませんか？」

「ええ……」

しばらく経って、刑事は安心したような顔をした。

「いや、これで、我々もすっきりしました」

それは、貞子が拍子《ひようし》抜《ぬ》けするほど、あっさりしていた。

「助かりたい一心の言い訳とわかっていても、いちおう確認しないとなりませんのでね。なにしろ、裁判になって、弁護士から突っ込まれることになるかもしれないですから」

そう言って、刑事は立ち上がった。

「あの……」

貞子は声をかけた。

「その男の人、どうして私の名前を？」

「映画館を出て、あなたの後を尾けたと言ってました。まあ、どこかであなたのことを知っていて、でまかせを言ったのでしょう。いや、おじゃましました」

刑事が帰ったあと、貞子はぼんやり、その場にしゃがみ込んでいた。

貞子は嘘をついてしまった。その嘘がどのような意味を持つのか、貞子にはまだ実感がなかった。

突然、チャイムが鳴った。貞子ははね起きた。刑事が戻ってきたのかと思ったのだ。

「どなた？」

貞子は、ドアに向かって声をかけた。

「俺だよ」

誠司の声だった。

まさか、誠司が後を尾けて来たとは思わなかった。あの痴漢の男も、同じように後を尾けて来たのだ。

「おい、開けてくれよ」

「帰って」

「今、来ていたのは警察だろ。どうしたんだ？」

「こんなところまで来ないで！」

貞子はドアのノブを押さえ、扉を開けなかった。

誠司は扉をガタガタやって、

「開けてくれ。もっと話し合いたいんだ」

と、大声を出した。

「今度こそ別れる。今度、判を押して持ってくる」

「今度、今度って、もういい加減にして！」

貞子はドアの内側から、怒鳴った。

「ほんとうだ。だから、開けてくれ！」

哀願《あいがん》するような声に変わった。貞子の胸に、その声はひびいた。

「ほんとうに、これで最後だ。すぐに帰るから、開けてくれよ。開けてくれるまで、ここから動かない」

最後のほうは涙声だった。

貞子はため息をついた。そして、

「ほんとうに最後ね？」

と、貞子は念を押してから、そっと扉を開けた。すると、誠司は急いで中に入ってきた。さっきの哀願など、どこかに捨ててきたように、誠司は平然としていた。

「さっきの刑事、何しに来たんだ」

「あなたには関係ないわ」

貞子は眉を寄せて言った。

「ちょっと、上がらせてくれ」

「すぐに帰ってよ」

「ああ、帰る」

誠司は室内を見まわした。

「こんな部屋でひとりで住んでいたのか」

誠司はつぶやくように言った。しばらく、狭い部屋を眺めまわしていたが、ふと、貞子に目をやった。そして、いきなり、誠司は貞子の体に抱きついてきた。

「いやよ。もう、そんなことできない」

貞子ははねつけた。激しい抵抗にあって、誠司は力を抜いた。ふてくされたように、畳の上にあぐらをかいた。

「帰って！」

貞子は強い口調で言った。

誠司は急に座り直すと、たたみに頭をこすりつけるように体を折った。

「君が許せないという気持ちもわかる。だから、別れるというなら仕方ない。でも、このままで別れるなんて、つらいんだよ」

誠司は涙を見せていた。

「やめて、そんな真似」

貞子は言った。しかし、その声に力がなかった。誠司の演技だ。しかし、貞子の内部の厚い砦《とりで》がどっと崩れていくようだった。演技と知りつつ、誠司の術中にはまっていく自分を愚かしいと思った。誠司をすげなくできない自分を責めた。

「ほんとうに、最後よ」

貞子は弱々しい声になっていた。

「ほんとうだ」

誠司は顔を輝かせた。貞子は、誠司にまた負けた。

ベッドの上の誠司は激しかった。それに反応する自分も、いやな女だと貞子は思った。

貞子は体を、ベッドにぐったりと横たえている。その髪をまさぐりながら、

「好きなんだ」

と、誠司が言った。貞子の耳には、そらぞらしく聞こえた。

貞子は、島内の顔を思い浮かべていた。そして、美穂の顔に変わった。自分には新しい人生が待っている。やっと、幸せがつかめそうだった。

「もう一度、やりなおそう」

貞子はびっくりして顔を誠司に向けた。

「なんて言ったの？」

「愛しているんだ」

「やめて！　もう、あなたの顔なんて見たくない！」

「貞子」

誠司は貞子の胸に顔をうずめた。貞子は唇をかんでいた。誠司は貞子に男ができたと知って、急に未練を持ち始めたようだった。

貞子は醒《さ》めた目で天井をじっと見つめていた。

その夜、誠司は泊まって、翌朝、会社に出かけて行った。


数日後、貞子はその記事を読んだ。


若妻殺害事件、近所の工員を逮捕！

——今月十四日、葛飾区笹本四丁目の『笹本マンション』で起きた若妻殺しを捜査中の警視庁捜査一課と笹本署では、昨夜、近所に住む工員石部五郎（二五）を殺人容疑で逮捕した。


貞子が島内に抱かれたのは、それから数日後である。抱いてと言ったとき、島内のほうが戸惑っていた。君らしくないとも言った。

しかし、貞子は島内の胸にしがみついていったのだ。

「元気ないようだが……」

ベッドの上で、島内は心配そうな顔で訊いた。

「うまくいっていないの？」

誠司との離婚話の件である。いいえ、と貞子は首を振った。

「そう……」

島内はつぶやいたが、納得した顔ではなかった。貞子には、誠司との問題もあるが、それ以上に、刑事が訪ねてきたことが屈託《くったく》を与えていた。石部という男が、無実の罪で捕まっているのだ。彼の無実を証明できるのは自分しかいないのだ。

「心配ごとがあるのなら、なんでも言って欲しい」

島内が言った。

「いいえ、何でもないわ」

貞子は答えた。島内はもっと何か言いたそうだったが、何も言わなかった。

貞子は自分の不幸を嘆《なげ》いた。あの町に行かなければ、あの痴漢に遭《あ》わなくて済んだのだ。

貞子は、よほど島内に打ち明けようかと思った。だが、喉《のど》まで出かかった言葉を、貞子は押し込んだ。言えば、島内との仲が終わるような気がした。

三度も、痴漢行為を許した。寂しい男を慰めてあげたのだ、と誰が信用するだろうか。

若い男と出会いに行ったと、思われるだけだ。貞子にしても、あの行為を楽しんでいた部分もあったことは否定できないのだ。

美穂の愛らしい笑顔を思い出すと、それはよけいに言ってはならないことのように思った。美穂は、きっと、不潔な女と決めつけ、貞子を嫌うようになるに決まっている。

島内はわかってくれても、美穂には無理なことだ。美穂には知られたくない。いや、島内にだって、あんな行為をしていたことを知られたくない。

(幸せになりたい!)

貞子は心のなかでつぶやくと、島内の裸の胸に飛び込んでいった。

6

石部五郎の国選弁護人になったのは、佐田《さだ》法律事務所の結城静代《ゆうきしずよ》弁護士だった。

静代は三十二歳で、二年前に東京地検の検事だった夫と離婚し、現在はひとりで借家に住んでいる。広島地検に転勤になった夫と、いっしょに暮らすことはできなかったのだ。

は、いっしょに暮らすことはできなかったのだ。弁護士という職業にいきがいを持つ静代と

石部五郎はやせて不健康そうな若者であった。

拘置所で、初めて会ったとき、石部は縋《すが》るような目を静代に向けて訴えてきた。

「先生、俺はあのとき、映画館にいたんだ。桑野貞子っていう女性が俺のことをよく知っている」

石部は身を乗り出して訴えた。

「そのことを警察には言ったの？」

「言ったさ。でも、ぜんぜん信用してくれないんだ。頭から、俺がやったと決めつけやがるんだ」

石部に無罪の可能性があるということは、静代の気持ちを昂《たかぶ》らせた。有罪か無罪かの弁護ほど、魅力を感じるものはない。

しかし、石部の訴えは、静代を迷わせた。映画館で痴漢行為を許してきたという女がいたなどと信じられなかったからだ。

静代は、石部の人柄を調べるために、石部の勤めていた坂井製作所に向かった。

上野から私鉄で約三十分、笹本駅に着いた。狭い商店街を抜けた。

坂井製作所に行って、上司や同僚から話をきいた。石部は、人付き合いが嫌いで、すこし変わった人間だというのが、仲間の評価だった。特に、女子工員からの評判は芳《かんば》しいものではなかった。いつも、胸や腰のあたりをじろじろ見られているようで気味が悪いという話もあった。また、ふだんはおとなしいが、すぐカッとなる性格のようで、いったん怒ると別人のようになると言っていた。

静代は工場を出てから、石部が住んでいたアパートに向かった。

管理人に、石部五郎の部屋を開けてもらい、静代は室内に入ってみた。

六畳間に、簡単な炊事場がついているだけである。トイレは共同で、同じフロアーの隅にある。

壁には、ヌードポスターやアイドル歌手の写真がベタベタ貼《は》ってあった。

石部は小さい頃やけどをして、胸に大きな痣《あざ》があった。一度、ソープランドに行って、胸の痣を見てホステスが気味悪がった。それから、彼は、金を使って女性と遊ぶことにさえ自信を失ってしまったのである。

机の上に、電気関係の本が並んでいた。石部が技術者を夢見ていた証《あかし》であった本を手にとると、埃《ほこり》がたまっていた。

石部の生活の中に、冷たい風が吹いていたのを、静代は感じとることができた。

隣の部屋から物音が聞こえた。隣の部屋の住人が帰ってきたようだった。壁が薄いので、隣の部屋の人間の咳払いや、テレビの音などが、耳に飛び込んでくる。

静代は廊下に出ると、隣の部屋の扉をノックした。宇野達夫《うのたつお》と名札があった。

若い男が顔を出した。静代が名乗ると、男は顔を強張らせた。

「隣に住んでいる石部さんのことで、訊きたいの。ちょっと、いいかしら」

静代は切り出した。

「帰ってきたばかりで疲れているんだよ」

宇野は不愉快そうに顔をしかめて言った。

「ちょっとだから」

静代は無視して、

「仲よかったんでしょ？」

と、きいた。宇野はサラリーマンである。静代は、宇野を見ているうちに、石部に感じが似ていると思った。年齢も、背恰好も同じようだった。

「石部くんは、映画館で痴漢行為をしたそうだけど、そういうことを以前からしていたのかしら」

「さあ、どうかな」

宇野は何かに脅えているようだった。

「君は、石部くんが犯人だと思っているの？」

静代はじっと、宇野の横顔を見つめた。宇野はそっと目をそらした。宇野はどことなく気弱な印象だった。

宇野と別れ、駅に向かいながら、静代は宇野のことを考えた。石部に感じが似ていることが、静代にある考えを閃《ひらめ》かせた。

目撃者は、犯人を石部に似ていたと言った。しかし、見た相手が宇野だったら、どうだろうか。

静代は、上野行きの電車に乗り込む。

荒川の川面《かわも》に橋の明かりが映り、橋の上は車のヘッドライトの明かりがきらめいていた。

静代は石部の訴えを真実だと思った。問題は桑野貞子という女である。

吊革につかまりながら、静代は、桑野貞子のことを考えた。彼女の証言がなければ、石部の容疑を晴らすことは難しいのだ。

静代は国分寺《こくぶんじ》の借家に住んでいる。桑野貞子は三鷹に住んでいるらしい。三鷹は帰り道にあった。腕時計を見た。八時になるところだった。静代は、貞子に会ってみようと思った。

静代は、三鷹駅を下りた。桑野貞子のアパートの場所は、石部から聞いていた。

駅前商店街は笹本駅前のそれと、だいぶ雰囲気《ふんいき》を異《こと》にしている。人もいちだんと多かった。

商店街からそれて、暗い道をしばらく歩いて行ったところに、アパートがあった。貞子の部屋から明かりがもれていた。

静代は、桑野貞子の部屋の呼鈴《よびりん》を押した。

部屋の中から物音が聞こえた。

「どなた？」

中から声がした。

「夜分《やぶん》、すみません。弁護士の結城と申します」

「弁護士？」

息を呑むような声が聞こえた。

しばらく、沈黙があってから、やっと扉が開いた。パジャマの上にカーディガンを羽織った女が出てきた。静代と同じか、少し年上かもしれない。

「桑野貞子さんですね？　私は石部五郎という人の国選弁護人を引き受けた者です」

静代はあいさつしてから、

「中に入れてもらっていいかしら」

と、きいた。

「どうぞ」

静代は中に入って、扉を閉めた。貞子が不安そうな表情で、静代を見ていた。

「どんなご用でしょうか？」

「三月十四日の土曜日、笹本町にある新映館という映画館に行きませんでしたか？」

静代は訊いた。貞子の顔色が変わったのを、静代は見逃さなかった。

「そのことについては、以前に警察が来ました。もう、お答えしているはずです」

貞子は答えた。

「ちょっと申し上げにくいのですが、石部は映画館で桑野さんとお会いしたと言っているんです」

静代は貞子の目を見つめながら言った。貞子の顔が紅潮するのがわかった。

「知りません。私は映画館に行ってません」

貞子が強い口調で言い返した。

「そうですか。彼に非常に不利な状況なのです。わらをもつかむ思いであなたをお訪ねしたのです。お許しください」

「………」

「石部は、映画館で痴漢行為をしたと言っています。その相手の女性があなただと言うのです。もし、石部の言うことがほんとうなら、あなたの証言で彼は助かるのです」

静代は熱っぽく語った。

「知りません！」

貞子が大声を出した。静代は、じっと彼女を見つめていたが、

「そうですか。やはり、彼が嘘をついているのか、それとも、あなた以外の別な人間なのかもしれませんね」

貞子は何かを隠しているに違いない、と静代は思った。

「石部は、このままでは殺人犯として処罰されるでしょう。無実のまま刑務所に行くことになるのです」

静代は、貞子の顔を見て言った。

「石部を助けることができるのは、映画館で会った女性だけなのです」

「私じゃありません」

貞子は叫んだ。

「帰ってください」

静代は、諦《あきら》めた。

静代は、外に出た。戸惑っている貞子の姿が瞼《まぶた》に残っていた。

静代が国分寺にある借家に戻ると、猫が出迎えた。二匹の猫は、静代の足もとでじゃれあっていた。

夕飯を食べそこなってしまった。腹が空《す》き過ぎて、かえって食べる気が起きなかった。湯を沸かして、熱いコーヒーをいれた。

コーヒーを飲んで、やっと一息ついた。

静代は、テーブルの上を片づけると事件資料を広げた。

当初、石部は映画館のことを供述している。

〔私は、土曜日のたびに『新映館』という映画館に行きました。はじめて、桑野貞子という女性と会ったのは、二月二十八日でした。それから、三月七日、十四日と、桑野さんに会いました。十四日は八時過ぎに映画館を出て、桑野貞子さんの後をつけました……〕

しかし、三回目の供述調書から、石部はこの供述を引っ込めている。映画館の話は作り話だったと供述を変えていた。以降、起訴されるまで、石部は犯行を認めてきた。

静代は、この供述書について、作り話にしてはずいぶん具体性を帯《お》びているという印象を持った。やはり、石部は真実を訴えているのではないか。

ということは、桑野貞子が嘘をついていることになる。

しかし、映画館で痴漢行為を三度も許してきたということも理解できなかった。なぜ、彼女のような女性がそんな真似をさせたのだろうか。

貞子のことを調べてみる必要がある、と静代は思った。膝のそばに猫が体を寄せて眠っていた。

翌日、静代は事務所に出て、佐田弁護士がやってくるのを待った。

十一時過ぎに、小柄な佐田弁護士が事務所に現れた。静代は、佐田の執務室に一緒に入った。

佐田は執務机に座ってから、

「なんだい？」

と、静代の話を聞く態勢になった。佐田は五十過ぎの温厚な紳士である。

「桑野貞子さんのことを、すこし調べてみたいのです」

と、静代は事情を説明した。

佐田は静代の話を聞いたあとで、

「桑野貞子というのは、どんな女性なの？　男からあまり相手にされないような女性？」

と、きいた。

「いえ、きれいな方です」

「そんな女性が映画館で痴漢行為させたなんて、信じられないねえ」

佐田が素直な感想を述《の》べた。

「警察も、最初、桑野貞子に会って事情を訊いているんだね？」

「そうです」

「警察も、彼女と話して、石部の訴えが信用できないと思ったんだろ？」

「そうだったと思います」

「そこに警察の見落としがあった可能性があるね」

佐田は力づけるように言った。

事務所の調査員に、桑野貞子の調査を依頼した。

調査結果が静代に届いたのは、三日後のことだった。

桑野貞子は結婚しており、夫は広瀬誠司という男であった。貞子は夫と別居中であることを知った。さらに、現在は別の男性と付き合っていることも。静代は離婚してひとり暮らしになったときの寂しさを、ふと思い出した。

まずは、彼女の夫に会ってみようと、そのとき、静代は思った。

夫の広瀬誠司は新宿の会社に勤めていた。会社に電話をすると、広瀬誠司のほうから事務所に来ると言った。その熱心さにかえって、静代のほうが戸惑うほどだった。

その日の夕方に、広瀬誠司が事務所にやってきた。

静代は、広瀬誠司を応接室に招じた。広瀬は桑野貞子より年下のようだった。

「彼女が殺人事件に巻き込まれているというのは、ほんとうなんですか?」

と、広瀬が待ち切れないように言った。

「ええ、被告人の無実を証明できる立場にいると考えています」

「以前、彼女のところに刑事が訪ねてきたので、何かあったと思ってました。そうですか。やはり、そういうことだったのですか」

広瀬はひとりでうなずいていた。

「あなたと貞子さんは別居中だそうですね?」

静代はきいた。

「今は別居していますが、いずれまた一緒に暮らそうと思っています」

広瀬は答えた。

「別居してどのくらい?」

「一年ぐらいです」

静代は、なんとなく彼女の気持ちがわかるような気がした。静代も夫と別れ、ひとり暮らしをしているので、その虚《むな》しさがよくわかる。

嫌いになって別れたのなら、ひとり暮らしはせいせいするのだろうが、静代の場合、まだ相手を愛しているぶんだけ、寂しさがつのるのだ。

「先生、だいじょうぶですよ。彼女は必ず証言します。いえ、ぼくがさせます」

広瀬が目を輝かせて言った。

7

貞子は、会社にいても、心の中に冷たいものが漂っていた。

（なぜ、あの若者に容疑がかかったのか）

もし、正直に証言したら、自分はどうなるのか。痴漢行為をさせていた女、欲求不満の人妻、若い男を漁《あさ》る人妻……。世間の好奇な目は容赦《ようしゃ》なく、自分をいたぶるに違いない。いや、世間ならいい。島内はどう思うだろうか。美穂は、そんな女が母親になることをどう思うか。

会社にいても、弁護士のことが頭から離れなかった。貞子は憂鬱《ゆううつ》な気分が続いた。

その夜、貞子が帰宅して三十分ほど経ってから、玄関のチャイムが鳴った。貞子は戸の内側から、来訪者を確認した。

「俺だよ。誠司」

「もうここには来ないでって言ったでしょ！」

と、強い調子で言った。

「話があるんだ。開けてくれ！」

誠司は扉を叩いた。

「いや、帰って！」

貞子は大声を出すと、しばらく、沈黙が続いたあとで、誠司が言った。

「開けてくれないなら、島内さんのところに行くからな」

「島内さんのことを調べたのね？」

貞子は心臓を殴《なぐ》られたようになった。

「島内さんに、いっさいをしゃべってやる。幻滅《げんめつ》することだろうよ」

「何をしゃべるって言うの？」

「映画館の件だよ。痴漢のこと……」

「やめて！」

貞子は扉に向かって叫んだ。

「そんなことされたくないなら、ここを開けろよ」

誠司は優位な立場に立った落ち着きを見せて言った。

「卑怯だわ」

貞子は言ったが、声は沈んでいた。

貞子はそっとドアに手を伸ばした。怒りで、手が震えていた。

誠司がにやにや笑いながら入ってきた。貞子はじっと睨みつけた。誠司は貞子の体を押し退《の》けるようにして、さっさと部屋に上がり込んだ。

「ビールでもないか」

誠司は冷蔵庫を開けた。

「そんなものあるわけないでしょ」

貞子は冷たい声で言った。

「それより、島内さんにへんなこと言うのはやめて!」

誠司は部屋の真ん中に腰をおろした。

「俺、会社を辞めることにしたんだ。友人といっしょに会社を作る」

貞子は、誠司に冷たい目を向け、

「あいかわらずね」

と、突き放すように言った。すると、突然、誠司が座り直して、

「貞子、お願いだ。もう一度、やり直そう」

と、畳に額《ひたい》をつけるほど体を折った。

「やめてよ。そんな真似」

貞子はひややかに言った。

「女とも別れた。これからは心を入れ替える。だから」

「あなたには無理よ。所詮《しょせん》、あなたはだらしない男なのよ」

「なんと言われてもしかたない。でも、今度こそほんとうだ」

貞子は、誠司を憎しみの籠《こも》った目で見つめた。

「島内と結婚するのか？」

突然、誠司が声を変えた。

「あなたには関係ないわ」

「だって、中学生の子供までいる男じゃないか」

誠司がそこまで調べたことに、貞子は怒りがこみあげてきた。

「そんな結婚をしたって、不幸なだけだ」

誠司は立ち上がって、貞子の傍《そば》に近づいてきた。

「それに、島内だって、君が無実の人間を見殺しにするような女だと知ったら、幻滅するんじゃないか。それより、映画館で見知らぬ男に痴漢行為をさせていたなんて、娘が知ったらショックを受けるだろうよ」

誠司はそう言いながら、貞子の肩に手をかけ、引き寄せようとした。貞子はその手を振り払った。

「貞子、俺がこんなこと言うのは、もう一度、いっしょに暮らしたいからなんだ。俺は、君がいないとだめなんだ。愛しているんだよ」

誠司は貞子の体にしがみついて、哀願した。

貞子は、そんな誠司を見ていて、絶望的な気分になった。もし、誠司を突き放せば、きっと、島内のところに行くにちがいない。島内や美穂の前で、なにもかも訴えるに違いない。

貞子は、ふと島内が遠ざかっていくのを感じた。

数日後、島内と会った。

島内の顔つきが、いつもと違っていた。貞子の表情に決意のようなものを見てとったようだ。

「ごめんなさい」

島内が顔を痙攣《けいれん》させた。

「ご主人と縒《よ》りを戻すつもりなのか?」

やや上《うわ》ずった声で、島内は言った。貞子は思い切り首を横にふった。

「じゃあ、なぜ?……」

島内はきいた。

「私を思い切り殴ってください」

貞子は訴えた。

島内は煙草をくわえた。悲しそうな表情で、火を点けた。

「あれから、二カ月経つのに、まだ離婚していないことで、察しがついていた」

貞子はうつむいたままだった。

「たとえ、裏切られたにせよ、一時は真剣に愛した男性だ。そんなに簡単に別れられるはずはないからね」

「違います」

貞子はたまらず口をはさんだ。

「君はやはり、心の底ではご主人を愛しているんだ」

「そんなことじゃないんです」

貞子は夢中で言った。

「私は、島内さんを愛しています。美穂ちゃんが好きです」

貞子はいくら訴えても虚《むな》しいだけだと気づいた。だが、言わざるをえなかった。

「島内さんといっしょになったほうが幸せになれます。あんな男とよりを戻しても、また苦労が始まるだけです」

貞子は、島内が最後のよりどころだった。その島内から嫌われたら、自分に救いがなくなる。その恐れだったのだ。島内になんと説明してよいかわからない。

「あなたとの思い出を壊したくないんです」

島内のうしろ姿を見送りながら、貞子は島内と美穂のしあわせを祈った。しあわせを祈りながら、貞子は涙が流れてとまらなかった。

8

石部五郎にかかわる殺人事件の公判が始まった。

初公判で、被告人の石部五郎は起訴状の内容すべてを否認し、無実であると訴えた。

弁護人の静代も、被告人の無実を主張した。

第四回公判で、弁護側証人として、目撃者の酒屋の主人が証言台に立った。四角い顔の主人は、緊張した顔つきで裁判長から弁護人のほうに目を移した。

「あなたは、マンションから出てくる人間が、すぐに被告人だと思ったのですか?」

静代はきいた。

「名前はわかりませんが、ときたま、店の前にある自動販売機からビールを買っていくので、顔を知っていました」

「被告人と言葉を交《か》わしたことはあるのですか?」

「いえ、ありません」

「じゃあ、顔はよく覚えていなかったんじゃないですか?」

「いえ、覚えていました」

「あなたが、警察に被告人を見かけたことを話したのはいつのことですか?」

「被害者の夫の容疑が晴れたことを聞いて、聞き込みにきた刑事さんに話しました」

「あなたは殺された奥さんが、被告人と一緒に歩いているところを見たことがありますか?」

「はい。一度、あります」

「どういう関係だと、あなたは思いましたか?」

「あの奥さんは、意外と男の友達が多いようで、そのうちのひとりなのかと思っていました」

「つまり、あなたは、殺された奥さんと被告人が一緒に歩いていたことを思い出して、あとから考えて、被告人だったと思ったんじゃないんですか?」

「いや、あの夜、私はこの目で見ましたよ」

主人は頑《かたく》なに言った。

「あなたは、男を真正面から見たのですか。それとも横顔を見たのですか?」

「横顔です」

「見たのは、時間的に何秒ぐらいだったでしょうか?」

「十秒ぐらいだったと思います」

「そんな時間で、ほんとうに被告人だったと断言できるのですか?」

証人は返答に詰まった。

「あなたが見たのは、被告人とよく似た男であって、被告人自身ではなかったんじゃないですか?」

「異議あり!」

検察官の声がはずんだところで、静代は、

「終わります」

と、言った。

検察側の反対尋問が終わってから、つぎに新映館の売店の女性が証言台に立った。

「この被告人を知っていますか?」

「ええ、ときどき映画を見にきますから」

「あなたは、三月十四日に売店に立っていたのですね?」

「はい。そうです」

「その日、この被告人が売店に寄ったことがありますか?」

「はい。あります」

「それは何時ごろでしたか?」

「六時ごろだったと思います」

「どうして、被告人を覚えているのですか?」

「ちょっと、口喧嘩になってしまったんです」

「どんなことですか?」

「この人はコーラを買ったんですが、私が手渡したとき、瓶《びん》を落として割ってしまったんです。それをこっちが悪いと言いがかりをつけたんです」

証人は顔をしかめて言った。

検察側の反対尋問でも、この女性は石部が映画館にいたことを証言した。

いよいよ、桑野貞子が証言台に登場した。

証言台に向かうとき、彼女は被告人席に目をやった。その瞬間、彼女は眉をひそめて立ち止まった。そしてそのまま青ざめた顔で石部に目をやっていた。

自分をこのような場所に引っ張り出したことを恨《うら》んでいるのだろうか、と静代は思った。

先日、事務所を訪れ、証言すると約束したあとで、

〔幸せを捨てました〕

と、彼女は言ったのだ。そのときの恨めしそうな表情を、静代は思い出した。

貞子は廷吏《ていり》にうながされ、やっと証言台の前に立った。

静代は、急に不安になった。彼女の気が変わったのか、と心配になったのだ。

証人宣誓《せんせい》が終わってから、静代はゆっくり立ち上がった。

「事件当日、あなたは新映館という映画館に行きましたか?」

静代は貞子の言葉をじっと待った。ちゃんと証言して欲しい、と心の中で念じた。

「はい、行きました」

貞子は緊張して答えた。静代はふうと大きくため息をついた。

「何時ごろから何時ごろまでいましたか？」

「夕方五時半ごろから八時ごろまでです」

「あなたの自宅から、笹本町までかなり離れておりますね。なぜ、あなたはその映画館に行ったのですか？」

「笹本町は、私が幼い頃、育った町なのです。その映画館にも懐かしい思い出があります。だから、笹本町を訪れたときに入ってみたのです」

事前に、質問内容の打ち合わせはできていたが、それでも、貞子は緊張しているようだった。

「そこで、何かありましたか？」

静代はきいた。

「……私の隣の席に座った若い男性にいかがわしいことをされました」

一瞬、戸惑った末、思い切って貞子はしゃべった。

続いて、検察側の反対尋問になった。

「あなたが、最初に笹本町に行ったのはどうしてですか？」

目付きの鋭い検察官が貞子を見つめて訊いた。声も野太いので、体が委縮《いしゅく》しそうだった。大きく息を吐いてから、貞子は答えた。

「懐かしい気持ちからです」

「映画館に入ったのも、そういった気持ちからでしょうか?」

「そうです」

検察官はじろっと貞子を見つめた。

「そのとき、映画館でいやらしいことをされたわけですね?」

「はい。そうです」

「どんなことをされたのですか?」

貞子は恥じらいながら、男の手が膝をさすったりした行為をしどろもどろに話した。

「あなたは逃げなかったのですか?」

「はい」

「どうしてですか?」

「横目で男の人を見たら、それほど悪い人には見えませんでした。この人も、土曜日に付き合う人もなく寂しいのだと思うと、可哀《かわい》そうになり、少しぐらいのことなら、我慢しようと思ったんです」

「可哀そうに思った？」

検察官はわざと声の調子を変えた。

「あなたは痴漢に同情したのですね？」

「……そうです」

「それから一週間後の土曜日、再び、あなたは同じ映画館に行ったのですね。それは、どうしてですか？」

「その男性がまた映画館に現れるかもしれないと思ったのです」

「どうしてですか？」

「あの男性があんな行為で寂しさが紛れるなら、それでいいと思ったのです」

「じゃあ、また、痴漢行為をやらせようとしたのですか？」

検察官は遠慮なく言った。

「いかがわしいことをもう一度されてもいいと思ったのですか？」

貞子の顔が紅潮《こうちょう》していた。弁護人席から、彼女の姿を見つめながら、静代は胸が痛んだ。しかし、彼女が証言しないために、無実の人間が罪にとわれたら、彼女は一生後悔することになるだろう。彼女のためにも、これでよかったのだ、と静代は自分に言いきかせた。

「それから、さらに次の土曜日にも出かけたのですか？」

「そうです」

「いつも、男は膝のあたりをなでまわしてきたのですね？」

検察官はいやらしい言いかたをした。しかし、貞子は堂々と答えていた。

9

秋風の立つ季節になっていた。静代の最終弁論が行われた。

「――被告人のアリバイは桑野貞子の証言によって確かに証明されるものである。その証言内容は、逮捕当時、被告人が警察官に述べたことと一致しており、桑野貞子と被告人の間には、何の結びつきもなく、被告人のために偽証《ぎしょう》する間柄ではないことははっきりしている。次に、殺害現場に残された指紋であるが、これは、その日の五時過ぎに、石部が被害者方を訪れて部屋に入り込んだときにつけたものである。被害者を襲うつもりだったが、抵抗されたので中止し、それで気がむしゃくしゃして、映画館に行ったのである……」

裁判が結審し、判決を待つだけとなった。

静代は拘置所に行った。石部は無実の可能性が出てきたことを敏感に感じとっていた。

「先生、見通しがついてきたね。すごいよ、先生は」

石部は、はしゃいでいた。

最終弁論から一週間後、佐田法律事務所に静代を訪ねて、男が来た。

静代が受付に行くと、若い男が待っていた。

「あなたは……」

静代は目を丸くして、若い男を見つめた。石部五郎の部屋の隣に住んでいた宇野達夫だった。

静代は急に胸が騒いだ。ひょっとしたら、真犯人かもしれないと、にらんでいた男だったからだ。

「さあ、こちらへ」

静代が応接室に招じようとすると、宇野は脅えたように、

「外で話したいんです。喫茶店で」

と、言った。

「そう、いいわ」

静代はいったん机に戻り、バッグを持ってきた。事務員に断ってから、静代は宇野を連

れて、ビルの地下にある喫茶店に行った。

「さあ、話って何？」

静代は向かいあった宇野に訊ねた。

「石部は無罪になるんでしょうか？」

宇野はおどおどした言いかたをした。

「まだ、わからないわ。裁判官がどういう判決を出すか、ですものねえ」

静代は答えながら、宇野がどんな目的でやってきたのかを考えた。

「先生は、ひょっとして、あの殺人事件の犯人を俺だと思っているんですか？」

宇野は上目遣《うわめづか》いで静代を見た。

「どうしてそんなことをきくの？」

「だって、石部が無罪になったら、俺が犯人だと訴えるつもりなんじゃないですか？」

「弁護士は、被告人の利益を守ることが仕事なの。犯人を見つけるのは警察の仕事よ」

静代は相手の顔を見据えて、

「あなた、なにしに私に会いにきたの？」

と、きいた。宇野は気弱そうな目を向けて決心したように切り出した。

「先生、映画館で、痴漢をしていたのは石部じゃないんだ。俺なんだよ」

「なんですって！」

　静代は頭が混乱してきた。

「いったいどういうことなの？」

　宇野はぽつりぽつりと打ち明けた。

「石部はいつも俺を下に見ていたんです。一度、女子高校生を襲ったことがあるんです。でも、失敗しました。女が泣き出したので、俺は手が出せなかったんです。それから、石部は俺をばかにしました。おまえなんか痴漢もできないだろうって。だから、映画館で痴漢をやったという話をしたんです。石部は全然信用しません。それで、あの日、石部を連れて映画館に行ったんです」

　静代は言葉が出なかった。

「石部は俺たちの行為を見ていて、興奮したんでしょう。それで、映画館を抜け出して、あの奥さんのところに行ったんです」

「…………」

「翌日、新聞であの奥さんが殺されたと知ったとき、とっさに石部のことが頭に浮かんだんです。石部はあの奥さんのことが好きだったからです。それで、石部を問い詰めました。すると石部は逆に私を威《おど》したんです。あの痴漢は、俺がやったことにしろって。そうじゃないと、痴漢のことや以前に女子高校生を襲ったことなど、喋《しゃべ》ってやると言いました。そんなことを言われたら会社にいられなくなってしまいます。だから、石部にあの女性の名前や、はじめて体に触れたときの詳しい状況を説明してやったんです」

「どうして、今になってあなたは私に打ち明けにきたの？」

静代はやっと口を開いた。

「俺が犯人にされてしまうからです」

「…………」

「あの女の人が俺のアパートにやってきたんです」

「桑野さんが？」

「ええ、桑野さんは石部が無実になったら、あなたが疑われる。弁護士の先生に打ち明けないと、こんどはあなたが裁判にかけられるようになると言ったんです。それで、びっくりして……」

静代は、三鷹駅の改札を抜けた。夜風はめっきり涼しくなった。貞子のアパートの前まで行ったが、彼女はまだ帰っていなかった。静代は、近くで時間をつぶした。

拘置所で問い詰め、石部はやっと告白したのである。

〔前々から、あの奥さん、俺をからかっていたんです。あの日、映画館で宇野がいたずらしていて、それで、なんだかむらむらしてきて、映画館を出て、あのマンションに行ったんです。ブザーを押したら、簡単にドアを開けた。だから、部屋の中に入って、乱暴しようとしたら、俺の体の痣を見て、気味悪がった。だから、カッとなって……〕

貞子は法廷ではじめて石部を見て、映画館で会った男と別人だと気づいたのだ。それなのに偽証した。

〔私は幸せを捨てたんです〕

彼女の言葉が蘇《よみがえ》る。

静代が現れなければ、彼女は島内という男と別れることはなかったのだ。島内と別れてまで法廷に立ったにもかかわらず、石部は映画館で会った男と別人だった。その瞬間、静代に対する怒りが燃えあがったに違いない。

彼女は静代を苦しめるために、偽証をしたのだ。

あの証言によって、石部は無罪になる可能性が強くなった。無罪が確定すれば、あとから真相がわかっても、もう二度と同じ罪には問えない。

真犯人を無罪にしたことで、静代はいつまでも苦しむことになるだろう。それが、彼女の静代に対する制裁だったのかもしれない。

しかし、貞子は判決の出る前に、真相を打ち明けた。

どうして彼女の気が変わったのか。

二時間近く待った。やっと、暗がりの中に白い服装が揺れた。

貞子が現れた。静代の姿を見つけると、彼女は立ち止まった。静代は、ゆっくり近づいて行った。

「あなたを待っていました」

静代はそう切り出した。

「石部五郎はすべて自白しました。あなたのおかげで、もう一度、審理がやり直されることになったの。今度は、石部の情状酌量《しゃくりょう》の弁護をすることになるでしょう」

通行人が二人の脇を通った。

「あなたが宇野達夫を説得してくれなければ、真犯人を無罪にしてしまうところでした」

「私、ほんとうは先生を陥《おとしい》れようと……」

貞子はつぶやくように言った。

「いいのよ。石部にだまされていた私がまだ未熟だったのだわ。それより、なぜ、あなたが真相を打ち明ける気になったのか、それが知りたいの」

静代の問いかけに、貞子は少しうつむいていたが、ふいに顔を上げ、

「先生も離婚してひとり暮らしだと知ってからです」

と、言った。静代は貞子の顔をまじまじと見つめた。

「弁護士として一生懸命生きている先生の姿を見て、自分の甘えに気づいたんです。寂しいからって、男性に頼るんじゃなくて、自分ひとりの力で生きていこうと思うようになったんです。そうしたら、私のしようとしたことが、急に恥ずかしくなって……」

「ひとりで生きていく？」

静代は広瀬誠司を思い出してきいた。

「ご主人とは？」

「正式に離婚しました」

貞子の声に暗さはなかった。

「先月から、夜、英会話の学校に通いはじめたのです。資格を身につけようと思って」

貞子は希望にあふれた表情で言った。彼女から、以前のような脅えたような印象はまったく感じられなかった。

貞子と別れ、駅に向かいながら、静代はすがすがしい気持ちになっていた。

赤い証言

1

「君と結婚の約束をした覚えはない……」

千賀和子《ちがかずこ》には、その声が遠くに聞こえた。

雨はいちだんと激しくなった。喫茶店の窓ガラスを通して雨音が聞こえてくるようだった。和子は唇《くちびる》をかみしめて牛尾良彦《うしおよしひこ》をにらみつけていた。目の前のテーブルには手つかずの冷《さ》めたコーヒー。

牛尾は同じ東南《とうなん》銀行の本店営業部の後輩である。彼女の方が四つ年上だった。和子がはじめて牛尾と結ばれたのは三年前、部の忘年会の夜だった。酒の勢いで誘われるままホテルに行ったのである。最初はほんの遊びにすぎなかった。和子は美人だが、ひとりで生きてきたせいか、どこか険《けん》があり、男に甘えるような女には見えないようだ。高慢でとっつきにくい女に見られていると自覚していた。だから、和子は牛尾の方も遊びだろうとしか考えなかった。それに、彼女は牛尾のような甘い顔だちは好みではなかった。

しかし、次第に二人の関係が積み重なるにしたがい、変化がおきた。

「もし、いい人ができたら私に遠慮せず、さっさと結婚するのよ」

和子は情事の後、牛尾の逞《たくま》しい胸をなでながら、そのことをきまって口にした。しかし、本心ではなかった。それは年上の女の一種の強《したた》かさだった。自分の方から結婚を口に出せないことを、相手にそれとなく伝えたかった。

彼はやんちゃな子供のように和子に甘えた。ときには小遣いもねだることがあった。和子は牛尾の世話をやくことが楽しかった。もちろんホテル代は和子が払った。牛尾と交際するようになって、貯《たくわ》えがどんどん減っていった。それも、言葉とは裏腹に牛尾との結婚を期待したからであった。

その牛尾の態度が変わったのは数カ月前からだった。牛尾は何だかんだと理由を作って、和子の誘いを断るようになった。

やっと、きょう牛尾を誘い出し、問いつめたのである。

「K工業の社長のお嬢さまとお見合いしたというのは、ほんとうだったのね？」

「部長の頼みだから断れなかったのさ」

はじめは否定していたが、和子の見幕《けんまく》に、牛尾は開きなおった。

「男女関係には潔癖《けっぺき》なあの部長が、よくあなたのような人にお見合いの世話をしたわね」

和子は厭味《いやみ》を言った。部長というのは本店営業部の大塚《おおつか》部長のことである。

「そんな言いかたはないだろう」

牛尾がムッとしたように、和子をにらんだ。

「最初、見合いの話が出た時、大塚部長に念をおされたよ。女関係はだいじょうぶかってね」

牛尾は白い歯を見せ、上目遣《うわめづか》いに和子を見た。

「もちろん、誰もつきあっている女性はいませんと答えた。部長はぼくの言うことを信用してくれるんだ。だから……」

「だから?」

「つまり、君が部長に言いつけてもムダだよ。まず、信用しないね」

銀行の同僚も、ふたりの間に男と女の関係があるとは気付いていなかった。エリートの牛尾と、三十過ぎの男嫌いで通っている和子とを結びつけるものは何もなかった。

「君だってけっこう楽しんだのだし……」

「失礼ね! そんな言い方!」

和子の胸に悔《くや》しさが広がった。

和子はA県出身で、県下で有名な高校を卒業し、東京の名門T女子大を卒業した。それだけにプライドが高かった。

和子はすでに牛尾の気持ちが遠く離れてしまったことを悟った。

「そろそろ行かないと……」

牛尾が腕時計に目をやって言った。和子は窓ガラスに顔を向けたまま、

「先に帰って！」

と、強い口調で言った。牛尾は立ち上がってしばらく和子を見下ろしていたが、

「これ、いいかな」

と、伝票をつまんで言った。

「置いていきなさい」

和子が怒鳴《どな》るように言うと、牛尾はニヤッと笑って、軽く頭を下げてから出口に向かった。その長身の背中に和子は恨《うら》みのこもった視線を向けた。

三十分ぐらい経《た》って、和子は丸の内にある、その喫茶店を出た。東京駅から山手線に乗った。秋葉原《あきはばら》で総武《そうぶ》線に乗り換える。電車の窓ガラスに映る自分の顔は痛々しいほどであった。涙があふれそうになった。他の乗客がチラチラッと彼女を横目で見ている。浅草橋《あさくさばし》に着くと、和子は他人の目から逃れるようにホームに下りたった。

いつもならここから都営地下鉄に乗り換えるのだが、和子は涙に濡れた顔を人目にさらしたくなかった。改札を出ると、傘をさし雨の中に飛び出した。雨はより激しくなっていた。

蔵前《くらまえ》から春日通《かすがどお》りに出ると右手に折れ厩橋《うまやばし》に向かった。橋の途中で、車の往来がなかったので道路を横断し、春日通りの左側の歩道に移動した。傘をさしていても、雨が正面から吹きつける。

隅田川の川面《かわも》は暗いうねりをあげていた。高速道路の灯がぼんやりと空中に浮かんで見えた。

厩橋を渡ると、春日通りは清澄通《きよすみどお》りと交差する。

交差点は赤信号であった。和子は立ちどまって、焦点の定まらない目を交差点の真ん中あたりに向けていた。雨が前から吹きつける。傘をさしていても、雨は顔に当たった。涙と雨が和子の顔を濡らしている。水しぶきをあげて車が疾走《しっそう》していった。街灯の明かりに反射して道路が光っていた。

牛尾がK工業の社長の娘と結婚する。それも養子になるのだ。そのことを考えると頭にカッと血がのぼった。

右斜め前に、春日通りを厩橋方面に進む形で、自転車に乗った男がいた。和子は春日通りの左側の歩道に立っているので、ちょうど交差点の対角線上で向かいあっていることになる。黒っぽいシャツを着て、右手でハンドルをつかみ、左手で傘をさしている。片足を地面について信号待ちしていた。

タクシーが走り去った後、車の通行は途絶《とだ》えた。

和子が車道に足を踏み出した時、駒形橋《こまがたばし》方面からヘッドライトの明かりが近づいてくるのが目の端に入った。その時、自転車も動き出した。左から、車が水しぶきをあげて迫ってきた。

和子はその場にたちすくんだ。その後に起こる事態が予測できたからである。

四月十五日午後十時五分。事故発生時刻である。

男がうつぶせに倒れていた。その背中に容赦《ようしゃ》なく雨が打ちつける。黒い傘が開いたまま電柱にひっかかっていた。

車は交差点を越え歩道に乗り上げ、電柱に衝突して止まっている。

和子は脚ががたがた震えた。しかし、奇妙に静かな目の前の光景であった。まるで夢を見ているようだった。

乗用車から男が降りてきた。三十代後半くらいの男であった。顔が青ざめていた。和子はその顔を見て、ハッとなった。男は、ついさっきまでいっしょだった牛尾良彦に、よく似ているように見えた。

タクシーが停まり、運転手が外に飛び出してきた。事故現場を見て、何か怒鳴っていた。病院に連絡したのか、そう和子には聞こえた。

その時になって、事故を起こした車の助手席に人がいることに気づいた。女だった。若い派手な感じの女であった。

しばらく経って、救急車のサイレンが聞こえた。タクシーの運転手が通報したらしい。

やがて、パトカーもやってきた。

2

本所《ほんじょ》で発生した死亡事故について、目撃者の千賀和子は警察官に対し、次のように供述した。

——私は四月十五日午後十時五分ごろ、東京都墨田区本所一丁目の交差点にて横川《よこかわ》方面に向かうため、信号待ちしていました。信号が青に変わってからゆっくり歩き始めた時、左方から乗用車が走ってくるのが目に入りました。その時、斜め前で信号待ちしていた自転車が右折しようと道路中央寄りに走って来ました。ところが、当然、停まるだろうと考えていた車がスピードを落とさず、交差点に向かってきたのです。横断歩道の手前で自転車に気づいて急ブレーキをかけたようですが、車はそのまま自転車の人をはね飛ばしてしまいました——

現場検証や加害者の供述および被害者の遺体の損傷状態などから、乗用車の速度は四十キロメートルであり、また、タイヤ跡から、加害者がブレーキを踏んだ地点は交差点の横断歩道の手前六メートル付近であることが確認された。

実況見分をした所轄《しよかつ》署の警察官は、被疑事実を次のように作成した。

――被疑者は昭和六十一年四月十五日午後十時五分ころ、普通乗用自動車を運転し、東京都墨田区本所一丁目の自動信号機により交通整理の行われている交差点にさしかかり、駒形橋方面から両国《りようごく》方面に向かい直進するにあたり、前記交差点の自車進行方面の信号機がすでに赤色を示していたのであるから、直《ただ》ちに交差点の直前で一時停止すべき業務上の注意義務があるのに、これを無視し、時速四十キロメートルの速度で進行した過失により、折から同交差点左方の横川方面道路より青信号に従って発進進行してきた平木常男《ひらきつねお》（当時四十二歳）操縦の二輪自転車に、自車左前部を衝突させ、同人を約七メートル左斜め前方にはねとばし、よって、同人をして頭蓋骨粉砕骨折などにより即時同所において死亡するに至らしめたものである――

被害者は平木常男、四十二歳。無職。運転していたのは、熊谷秀道《くまがいひでみち》、三十六歳。日本橋にある熊谷商会の社長の次男で、同商会の専務である。助手席には銀座のクラブホステスを同乗させていた。

業務上過失致死の容疑で警察は事件を検察庁に送致したのだが、加害者の熊谷は当初より信号は青だったと主張していた。

熊谷の供述によると、時速五十キロメートルで走っていたが、前方の信号が青だったので、そのまま突っ切ろうとした。その時、右方横断歩道に黄色い服の人影が車道に足を踏み出したので、スピードを四十キロメートルに落とした。しかし、人影は立ちどまったので、そのまま進行しようとしたところ、突然、左方から自転車に乗った男が勢いよく飛び出してきた。交差点手前で急ブレーキを踏んだが間にあわず衝突してしまった。熊谷はこのように供述している。ちなみに、目撃者の千賀和子の服装は黄色のスーツであった。

運転者の熊谷は前方は青信号だったと答えた。これが事実だとすれば被害者の方に過失があったことになる。

交通事故においては、信頼の原則が採用されている。信頼の原則とは、『自動車運転者は、被害者または第三者が道路交通法その他の交通秩序にしたがった適切な行動をとるであろうと信頼する』、たとえばこの事故のように、加害者の主張が正しければ、加害者は車を運転し青信号であるからそのまま通りすぎようとしたのであり、このとき、赤信号を無視して左方道路から自転車が走ってくることを予測して、車を走らせる義務はないのである。したがって、加害者に責任はないということになる。ただ、運転者が赤信号を無視して走ってきた自転車を認め得た場合、運転者には注意義務違反が生じる。つまり、被害者が信号無視した場合でも、運転者はこのまま走れば衝突するという結果を予測できるにもかかわらず衝突した場合には、加害者に過失があるということになる。

ところが、このケースの場合、被害者の認識が困難な状態にあった。激しい雨だったし、右方に現れた黄色い服装の人影に注意がいき、左方に現れた被害者の発見が遅れたのだ。おまけに被害者は黒っぽい服と黒い傘。自転車の前照灯の明かりも目立たなかったに違いない。したがって、この事故には信頼の原則が適用されるであろう。

もし、加害者側の信号が青だった場合、加害者には過失がないことになり、刑事責任を問われることなく、さらに民事上の責任、つまり損害賠償の責任もないことになる。

仮に、全面的に免責されなくても、被害者の過失のほうが大きいのであるから、過失相《そう》殺《さい》により損害賠償の責任はずっと軽くなるのだ。

ところが、赤信号を無視し死亡事故を起こした場合は、当然、業務上過失致死罪に問われ、この場合、最高五年の懲役《ちょうえき》か禁固《きんこ》の実刑である。そして、被害者に対し全面的に損害賠償しなければならない。

加害者側の信号が青だったか、赤であったか。

この熊谷秀道の弁護人になったのが、佐田法律事務所の結城静代弁護士であった。

結城静代は三十二歳で、民事を中心に活躍している女性弁護士である。二年前に検事だった夫と離婚し、現在は国分寺の借家でひとり暮らしである。

別れた夫は学生時代の同級生であった。二十四歳の時に結婚したが、二年ほどして、静代は流産した。その心の傷が癒《い》えるにしたがい、弁護士になる夢がわきあがってきた。

しかし、それは夫の意に反するものであった。静代が司法修習生の二回試験にパスしたのとほぼ同じ時期、夫が東京地検から広島地検に転勤になった。その時、夫の口から出た言葉は意外なものであった。静代に刃物をつきつけるように、

「ぼくといっしょに広島に行くか、弁護士の道を選ぶか」

と、迫ったのである。静代は迷った末、弁護士の道を選んだ。そのことを告げた時、夫は寂しそうな顔をした。そして、次の日、黙って離婚届を静代の前に差し出したのであった。

静代は納得がいかなかった。女だからといって、なぜ自分の好きな道を進んではいけないのか。しかし、夫の気持ちも理解できないことではなかった。検事という社会悪と戦う仕事で、疲れた体を癒やす温かい家庭が欲しかった。いっしょに広島についてきて欲しい

のだろう。そのことを十分にわかりながら、静代は弁護士の道を選んだのであった。

静代が佐田法律事務所のイソベン（居候《いそうろう》弁護士）になって二年になる。

事務所の代表を務める佐田は依頼のあった本所の事件を、静代に担当させた。佐田はこの事件が、目撃者の女性の証言がポイントとなると判断し、同じ女性の静代を選んだのだろう。

静代は勾留《こうりゆう》中の熊谷秀道に会った。

熊谷は逮捕され、十日後に起訴された。ふつう、起訴後、保釈金を積めば、保釈される可能性もあるのだが、熊谷の場合は容疑を否認しており罪証湮滅《ざいしょういんめつ》のおそれがあるということで保釈の許可がおりなかったのである。

拘置所で会った熊谷は弁護士が女性だと知って露骨《ろこつ》に顔を歪《ゆが》めた。いや女性弁護士うんぬんより、静代の印象かもしれない。静代は丸顔でおっとりとした感じだった。実は勝ち気なのだが、内面が表に出てこないのだ。それで心もとないと思ったのではないだろうか。静代は相手の冷たい視線をはねつけて訊《たず》ねた。

「あなたは信号が青だったと自信を持って言えるのですね？」

「助手席にいた女に聞いてもらえればわかりますよ」

熊谷は答えた。静代はじっと熊谷の顔を見つめた。唇が薄く、酷薄《こくはく》そうな感じであった。

「被害者は私の車の前に飛び込んできたんです。あの人は自殺しようとしたのじゃないですか？」

熊谷は自分の正当性を主張した。この男には、命を落とした被害者に対する罪の意識があるのだろうか。不愉快な気持ちをおさえ、

「あなたはほんとうに千賀和子という女性をご存じないのですね？」

静代はもう一度、確かめた。熊谷はうなずいてから、

「ひょっとして、あの女は私から金をとろうとしているんじゃないでしょうかねえ」

「お金を？」

「そうだ。きっとそうですよ。金を出せば、ほんとうのことを喋《しゃべ》るということですよ。もし、そうなら金をやってもいい。弁護士さん、そのことをあの女に伝えてください」

熊谷は唇を歪めた。静代は眉《まゆ》をよせて言った。

「そんなことしたら、かえってこちらに不利になりますよ」

その夜、静代が国分寺にある借家に戻ったのは八時過ぎであった。扉を開けると、猫が飛び出してきた。離婚し、ひとり暮らしの慰《なぐさ》めは二匹の猫であった。

静代が着替える傍《そば》で、二匹の猫がじゃれあっていた。湯を沸《わ》かし、魚を焼いて、ひとりで食事をとる。猫が魚を欲しがった。

（あの人も今ごろ、ひとりで食事をしているのかしら）

と、静代は別れた夫のことを思い出し、ふいに涙があふれてきた。いつもは気丈《きじょう》にふるまっているとはいえ、ときたま落ち込んだりする。

（もっと強くならなければ……）

静代は自分を叱《しか》った。自分で選択した道ではないか。

食事の後片づけを終わった後、静代は事件をふりかえった。

加害者の熊谷が信号は青だったと言っているのは嘘《うそ》かもしれない。しかし、依頼人が青だったと主張しているのだから、弁護人としては当然その線で弁護しなければならない。

ただ、静代は被害者が交差点の中央ではね飛ばされたことにひっかかるのだ。自転車は車道の左端に沿って走るものであり、仮に車が信号無視したとしても衝突地点は交差点の横断歩道寄りでなければならない。

この点について警察は、自転車は右折しようとして交差点中央に寄ったものと判断した。しかし、自転車の交差点での右折方法は、向こう側までまっすぐに進み、その地点で止まって右に向きを変え、前方の信号が青になってから進まなければならないのだ。つまり歩行者と同じような進行でなければならない。

被害者は車の通行量が少ないときは、このような右折の仕方をしていたのだろうか。

交通事故における証言者としては、事故の当事者（運転者）、同乗者、そして目撃者である。

交通事故は予期せぬ出来事があっという間に起きるのだから、当事者の証言に正確性を求めることは所詮《しょせん》無理というものだろう。

事故発生後、運転者は警察官から調書をとられるが、果たしてどれだけのことを正確に記憶しているだろうか。時速何キロで走っていて、どの地点で被害者を発見し、どの地点でブレーキをかけたか。事故を起こしたという精神的動揺の中で、どの程度のことを覚えているだろうか。

その曖昧《あいまい》な記憶の中で、運転者は自分に有利な証言をする可能性の方が強いだろう。

この証言のあやふやさは、何も事故当事者だけではなく、目撃者についても言える。目の前に起きた一瞬の事故をどれだけ記憶していられるだろうか。目撃者が加害者や被害者と利害関係にある場合は論外としても、まったくの第三者の証言にしても、どれほど信頼がおけるか疑問であろう。

しかし、だからと言って、証言にまったく意味がないかというと、そうではない。複数の証言から取捨選択され、そこに真実が見えてくる場合だってあるだろう。いや、本所の事故のように目撃者の証言に頼らなければならないケースもあるのだ。

本所で発生した事故の目撃者は加害者、被害者とも利害関係がない。そして、目で見た様子を自信をもって証言している。警察は、千賀和子が信頼のおける証人であるとして、その証言を採用したのである。

〔被害者は私の車の前に飛び込んできたんです。あの人は自殺しようとしたのじゃないですか?〕

熊谷の言葉を思い出す。被害者は妻と別居中だったのである。亀戸《かめいど》にある別居中の妻のアパートを訪ねた帰りに事故にあったのだ。

被害者の平木常男は無職だった。電機工場の従業員だったが、その工場が半年前に倒産し、職安で仕事先を探しているところだった。

それに別居してから、彼は保険の受取人を妻から子供に変えている。平木には小学校三年の男の子がいた。

被害者に自殺の可能性はなかったのか。

翌日の夕方、静代は被害者の妻を訪ねた。平木の妻は別居後、錦糸町《きんしちょう》のキャバレーに勤めていた。

静代が訪ねた時、部屋から中年の男が出てきた。角刈りの職人ふうな男だった。

男は静代の顔を見ると、ばつの悪そうな顔をして部屋を出ていった。

静代は男を見送ってから、妻に訊ねた。

「今の方、どなたですか？」

平木の妻はふてくされたような恰好《かっこう》で、

「店の客」

と、言った。静代は眉をひそめた。この女は男を自分の部屋に引き入れているのか。

「あなたはなぜ、平木さんと別居なさったのですか？」

静代はきいた。平木の妻は鏡台に向かって化粧をしながら、

「会社が倒産してから、あの人は酒浸《びた》りの毎日で……だから愛想《あいそ》つかしたの」

静代は広島にいる別れた夫を思い出した。このような別れもあるのだな、と思った。

「事故の夜、平木さんはどんな用でここにいらっしゃったのです？」

「離婚届を持ってきたの」

「離婚届？　じゃあ、正式に離婚なさるつもりだったのですね？」

「そう」

「平木さんに自殺の可能性はなかったかしら」

一瞬、彼女は顔を曇《くも》らせたが、

「さあ、わからないわ」

と、言った。しかし、すぐに、

「あの人、好きな人ができたから結婚するかもしれないと言ってたけど……」

「結婚？　誰とだかわかります？」

「知りません。でも……」

と、くびをかしげた。

「もしかしたらはったりだったかも」

「はったり？　どういうことですの？」

「好きな女ができたというのは嘘かもしれない……」

「どうしてですの？」

「だって、葬儀にもそんな女、いなかったもの」

「じゃあ、なぜ平木さんはそんなことをおっしゃったのかしら？」

「さあ……私に対するあてつけじゃないのかしら」

最後に、静代は訊ねた。

「あなたはお子さんをどうなさるつもりですの?」

「私は引き取りたいんだけど、平木の親が離さないの」

平木は両親と子供の四人暮らしだった。現在、子供は平木の親が面倒をみている。

静代は事務所に戻る電車の中で、平木の妻との会話を反芻《はんすう》した。被害者に自殺の可能性はほんとうになかったのだろうか。

しかし、被害者に自殺する状況があっても、現実問題として、あの事故には目撃者の証言があるのだ。静代の前にたち塞《ふさ》がるのは和子の証言である。彼女ははっきり加害者の信号無視を主張していた。

3

静代は週末に千賀和子をアパートに訪ねた。アパートは本所四丁目にあった。事故現場から歩いて十分ぐらいの所である。

モルタル造りの建物の横にある階段から二階にあがり、和子の部屋のチャイムを鳴らした。しばらくして、扉の内側から、どなたですか、という声が聞こえた。

静代が名乗ると、内側から鍵を外す音がして扉が開いた。

和子は静代を見て意外そうな顔をした。やはり、女性弁護士が珍しいと思っているのだろうか。

午前十時過ぎだったが、彼女はたった今起きたような顔で、静代を部屋にあげた。四畳半と六畳の部屋で、女性らしいやわらかみのある色調のインテリアであった。黒檀《こくたん》のアンティークな茶ダンスがあった。

その上に、写真立てがあった。二人の男女が映っている。女はもちろん和子である。男の方は恋人なのだろうか、ふたりとも楽しそうに見える。静代は男の顔を見て、誰かに似ているような気がした。

和子の視線に気づいて、静代はあわてて目をそらした。

「私は、熊谷秀道さんの弁護人で、結城と申します」

静代は名刺を渡して、改めてあいさつした。和子は目を伏せて、軽く頭をさげた。

「実は事故の件なのですが……」

「証言のことでしたら、同じことですわ」

即座に、和子が言った。

「私はあくまでも見たままを正直にお話ししているだけです」

それは挑戦的な言い方であった。面長《おもなが》な顔だちで、目鼻だちがはっきりしていた。額《ひたい》が広く聡明《そうめい》そうだが、勝ち気な印象をうける。

「しかし、運転していた熊谷さんは信号は青だったと言っているんです。助手席の女性も青信号を確認しているのです」

静代は言った。

「その女性、愛人なんでしょ？　愛人の言うことが信じられますか？　きっとふたりでいちゃつきながら運転していたんでしょ。だから、赤信号に気づかなかったのじゃないかしら」

和子はそう言ってから、顔を窓の外に向けた。

「あなたは被害者の家に何度か行きましたね？」

「ええ、私の目の前で亡くなってしまったんです。お線香ぐらいあげにいくのは当然でしょ」

と、和子は顔を戻して、

「まさか、弁護士さんは私が遺族に頼まれて嘘の証言をしたと考えていらっしゃるんですか？」

と、冷たい視線を向けた。

静代は黙ってその視線をうけとめた。

「そんなことありません」

和子ははっきり言って、再び窓に目を向けた。静代はその横顔をじっと見つめ、それから和子の視線を追って窓辺を見た。そこにあじさいの鉢植えがあった。あじさいが雨を連想させた。静代は顔を戻し、

「あの夜、あんな雨の中をあなたはなぜ歩いていたのです?」

そのことが不思議であった。なぜ、この人は雨の中をわざわざ歩いたのか。

「お友だちと丸の内の喫茶店で会っての帰りでした。雨の中を歩いて帰りたい気分だったので、歩いたのです」

「しかし、強い雨脚《あまあし》でしたが……」

「そうでしたわねえ。でも、かえっていいものですわ。目の前の風景は雨にぼやけて、ロマンチックで」

静代は彼女を信じられない思いで見つめた。

「もう一度、おうかがいします。あなたの正面の信号はほんとうに青だったのですね?」

「もちろんです。被害者は青信号だから渡っていったんです」

「思い違いということはありませんか?」

「いいえ。ありません」

和子は顔を真正面に向けて臆《おく》することなく言った。静代は諦《あきら》めて腰をうかした。その時、再び、茶ダンスの上の写真が目に入った。その瞬間、静代は思わず声をあげてしまった。誰に似ているのか、わかったのだ。熊谷に似ていた。さらに、よく見ると、男の体にまっすぐ透明なテープがはってあった。いったん破《やぶ》いたものをはり合わせたのだろう。

「失礼ですが、あなたの恋人？」

するとは彼女はあわてたように、

「いいえ、銀行の同僚です」

と、否定した。静代はその様子を不思議な思いで見つめていた。

事務所の自分の机で考えをめぐらしていると、小柄な佐田弁護士が近づいてきて、

「どうだね。事件の見通しは？」

と、声をかけた。佐田は五十過ぎの温厚な紳士である。静代は首をかしげ、

「どうしても目撃証人が気になるのですが、決め手がないんです」

と、力なく答えた。それから、静代は自分の考えを佐田に話したが、話を聞き終えると、佐田は眼鏡《めがね》の奥の目を光らせて、

「ぼくはこの事件を聞いた時、もし証人が嘘をついているとしたら、その証人に特殊な心

理が働いているのではないかと思ったんだ」

「特殊な心理？」

静代がきき返すと、佐田はうなずいてから話を続けた。

「ある事件のシロクロを自分が決定する立場に立たされた時、人間は正直に証言するものだろうか。たとえばAとBのふたりの間に何かもめごとがあったとする。目撃者はAに嫌《けん》悪《お》感を持っていて、Bには同情的であった場合、真実とは別に目撃者はBに有利な証言をする場合もあるんじゃないかな」

「…………」

「目撃者の千賀和子も君と同じ年だね。彼女の心理が君にはわかるんじゃないだろうか。そう思って、この仕事を君に任せたんだ」

特殊な心理。その言葉が静代の頭にこびりついた。

和子が銀行を辞めたことを知ったのは、六月の終わりであった。六月中旬で銀行を辞めたという。

静代は和子が銀行を辞めたことに違和感を持った。事故を目撃したことと無関係だろうか。

気になって、静代は大手町《おおてまち》にある東南銀行本店にでかけ、和子の上司に面会した。ロマンスグレーの大柄な男性で大塚という部長であった。

大塚部長は、一身上の都合としか聞いていないと答えた。突然のことなのでびっくりしていると困惑していた。

和子と仲のよかった同僚とも会ったが、理由に心当たりはないようだった。ただ、その中の一人が、こんなことを言った。

「千賀さん、失恋したようなことを口にしていたわ」

「失恋?」

「はっきり言うわけじゃないんですけど、独身主義だと思っていたので、千賀さんも恋愛するのかとびっくりしました」

静代は和子のアパートにあった写真立てを思い出した。男性側の体の部分は一度二つに引き裂かれ、再びはり合わせてあった。

その男が和子の恋愛の相手だろうか。

「前髪を少したらして、そう、少し二枚目な男性。千賀さんの周囲にいます?」

静代はきいた。同僚は顔を見合わせたが、一人が、

「牛尾さんかしら……」

と、首をかしげて言った。

「牛尾さん？　その方が千賀さんの相手の方かしら？」

静代が言うと、突然、ふたりは顔を見合わせて、

「そんなことありません」

と、ほぼ同時に口に出した。


和子が新宿にある小さな会社に事務員として勤めていることをつかんだ静代は、その会社を訪ねた。

「どうして銀行を辞めたんですか？」

銀行の明るい色の制服から、くすんだ色の制服姿になった和子は、疲れた表情で、

「別に。ただ、銀行に十年もいて、あきてきたの」

「あなたがどなたかに失恋して銀行を辞めたとおっしゃっている方もいらっしゃいますが？」

静代は思い切ってきいた。すると、和子は目をつりあげ、

「そんないいかげんな噂話《うわさばなし》なんか、よしてください」

と、言った。

「牛尾さんという方、ご存じですか？」

「知りません。あんな男！」

和子はヒステリックに叫んだ。

「どうして私のプライベートなことまで、そんなに追いまわすのですか。私は単なる目撃者です。こそこそ調べられる理由はありません。いくら弁護士さんでも失礼じゃないかしら」

静代は相手が落ち着くのを待って、

「失礼なことは承知しております。申し訳ないと思ってます。でも、真実が知りたいのです」

と、言った。そして、和子の目を見つめ、

「他人を罪に陥《おとしい》れる目的で虚偽《きよぎ》の申告をした場合、誣告《ぶこく》の罪に問われるのですよ」

「私、ほんとうのことをお話ししているつもりですけど……」

はじめて和子は不安そうな顔を向けた。

4

梅雨《つゆ》明けまで間がある。東京地方は朝から雨が降っていた。

事務所に、静代宛《あ》ての手紙が届いた。

差出人の名前はなかった。静代はいぶかしく思いながら封を切った。

――本所で発生した交通事故の目撃者、千賀和子さんのことについてお知らせいたします。弁護士さんは、彼女が同じ銀行の牛尾良彦という男とつき合っており、最近、彼女が捨てられたことをご存じでしょうか。牛尾良彦は二カ月ほど前、K工業の社長令嬢と婚約しました。それで、牛尾は彼女を捨てたのです。実は事故のあった夜、彼女は牛尾と会っております。それに、加害者が牛尾と感じが似ていることが気になりました。参考までに連絡した次第です――

ワープロで作成した手紙であった。かなり具体性を帯びた内容である。

封筒の消印を見ると、大手町である。この内容からして手紙を書いたのは、かなり二人のことに詳しい人間だ。東南銀行本店も大手町にあった。

誰が書いたのだろうか。それより、この手紙の内容は事実なのだろうか。もし、事実だとしたら……。

和子の部屋にあった写真。静代は和子の心理に思いをはせた。彼女が牛尾という男を恨んでいたとしたら、その気持ちが牛尾に似ている熊谷に向けられたのではないか。さらに、被害者に対する同情。この二つがからまって、加害者に不利な証言となったのではないか。

静代は大手町にある東南銀行本店に出かけた。

約束の十二時半に受付に行くと、すぐに牛尾がやってきた。牛尾良彦は長身の、いかにもインテリといった感じの男で、態度も慇懃《いんぎん》であった。その薄い唇を見て静代は熊谷に似ていると思った。高い鼻が酷薄《こくはく》な印象を与える。

牛尾は静代を応接室に招じた。静代はソファーに腰を下ろしてから、さっそくきいた。

「失礼ですが、あなたはK工業の社長のお嬢さまと婚約なさったとおうかがいしましたが……」

「なぜそんなことを……？」

牛尾は怪訝《けげん》そうにきき返した。

「実は、千賀和子さんのことを教えていただきたいと思ったのです」

一瞬、牛尾は顔をしかめた。

「あなたが他の方と婚約なさったので、千賀さんは失恋したと聞いたものですから」

牛尾は眉をつりあげ、

「だれがそんなことを言ったのですか?」

と、静代をにらみつけて言った。

「四月十五日、あなたは千賀さんと会われましたね?」

「いったい、どういうことなのですか?」

「実は、千賀さんがあなたと別れた後、交通事故を目撃したのです」

静代は相手の顔を見つめながら言った。

「被害者に過失の可能性があったと思えるのです。ところが、千賀さんは加害者が赤信号を無視して事故を起こしたと証言したのです」

「それがどうして私と関係があると言うのですか?」

牛尾は怒ったように口をはさんだ。

「千賀さんが嘘をついているとして、その心理を考えてみたいのです」

「……………」

「加害者はあなたに似ているんです」

「そんなばかな！　そんなことで……」

「証人の事故目撃当時の心理状態は、平静ではなかったとして、その原因があなたとのことにあったとは考えられないでしょうか？」

静代はたたみこんだ。

「このままでは、千賀さんを誣告罪で告訴しなければならなくなります。私は彼女をそんな目にあわせたくないのです。こちらとしては、加害者に過失がないことが証明されればいいのですから……」

「迷惑ですね。ぼくは彼女となんでもないんだから」

牛尾は露骨《ろこつ》に顔を歪めて言った。

「先ほどの件ですが、あなたがK工業の社長のお嬢さまと婚約なさったというのは？」

「そんなことにお答えする必要ないと思いますが……」

牛尾は不機嫌そうに言った。

牛尾と別れ、静代は地下鉄の駅に向かったが、気持ちが重かった。しとしと降り続く雨のせいかもしれない。

静代はもう一度現場に行ってみようと思いたった。以前に、事故現場に行った時は晴れていた。ちょうどきょうはあの日と同じように雨が降っている。

静代は東京駅から山手線に乗り、秋葉原で乗り換え浅草橋でおりた。そして、事故の夜、和子が歩いたであろうコースをたどって現場に向かった。

隅田川を渡って、事故現場の交差点に立った。車が水しぶきをあげて疾走していく。雨の中に立っていると、静代の脳裏《のうり》にある夜のことが思い出された。

静代は子供を流産してからしばらく何をする気力も失《う》せていた。ある時、静代は雨の中、街中をさまよい歩いたことがあった。

雨の中を目を濡らして歩いた。あのなんとも言えない切なさをいまだに覚えている。

踏切りの前で電車が近づいた時、静代の体がふいに引き寄せられそうになったことがあった。このまま死んでしまいたいと思ったのだ。それを引き止めたのが、弁護士という仕事に対する執着《しゅうちゃく》であった。もし、自分に弁護士という生きがいがなければ、あの時、自分は走ってくる電車に飛び込まなかったという自信はなかった。

その時、平木のことに思いが移った。平木は妻と離婚するつもりだったようだ。しかし、ほんとうは細君に未練があったのではないだろうか。

職を失い、妻も去り、彼は生きる希望を無くしていたのではないだろうか。子供を両親に託し、その子供に保険金を残し、自ら死を選んだとは考えられないか。

風が真正面から吹きつける。傘が吹き飛ばされそうになった。

静代は被害者の傘のことを思い出した。その傘は被害者が信号待ちしていた場所のすぐ横の歩道の電柱にひっかかっていたのだ。

（傘……）

静代は何かが頭の中ではじけそうな気がした。

5

東京地裁で、初公判が開かれた。被告人の熊谷秀道は廷吏《ていり》に連れられて入廷してきた。

傍聴席には熊谷の妻が、会社の人間といっしょに座っていた。静代は彼の妻の献身的な面を見て感動していた。愛人を乗せて事故を起こした夫を許し、毎日のように面会に通っている。

夫が事故を起こしたことは妻にとってショッキングなことだったろう。だが、あの事故により、熊谷は愛人との仲がまずくなり、愛人と別れたのだから、妻にとっても複雑な心境に違いない。

傍聴席には被害者側の人間はいなかった。もうひとり壁際に、四十前後の男がぽつんと腰をおろしていたが、静代は見かけたことのない顔であった。おそらく一般傍聴人であろう。半袖シャツに地味なネクタイをしめている。一流企業のビジネスマンという感じであった。

静代が傍聴席から目を戻した時、正面扉が開き、裁判官が現れた。

裁判長が開廷を告げた後、被告人の人定《にんてい》質問に移った。熊谷はいくぶんやつれたような顔つきだったが、はっきりした声で裁判長の問いかけに答えた。

人定質問が終わり、検察官の起訴状朗読が始まった。

起訴状朗読が済むと、裁判長は被告人を法廷中央に立たせ、意見を訊《たず》ねた。

「私は確かに平木常男さんを車ではね死亡させてしまいました。このことはたいへん申し訳ないと思っております。しかし、私は信号無視をしておりません。信号は間違いなく青でした」

熊谷は訴えた。

「弁護人の意見は？」

裁判長の声に、静代はすっくと立ち上がり、

「被告人の意見と同様であります。信号無視を否認いたします」

この裁判での争点は、被告人に信号無視があったかどうかという点であった。

その鍵を握っているのは、唯一の目撃者である千賀和子である。

冒頭陳述の朗読が終わった後、静代は和子を弁護側証人として証言台に立たせた。

「良心にしたがい、知っていることを隠さず、正直に述べることを誓います」

千賀和子ははっきりした口調で宣誓文を読みあげた。いくぶん緊張しているふうにも見えたが、彼女の声は落ち着いていた。

裁判長にうながされ、静代はゆっくり立ち上がって、証人に顔を向けた。

「あなたは、正義というものをどうお考えでしょうか？」

静代の問いかけに、和子はいぶかしげに首をかしげた。

「真実を正義だと思いますか？」

和子は静代を見て、それから助けを求めるように裁判長に目をやった。しかし、裁判長はじっとそのやりとりを見守っていた。

「あなたの証言は、ここにいる被告人の名誉を決定いたします。そのことを十分に認識してください」

と、言って静代は、つかつかと証人の傍《かたわ》らに近づいた。

「事故が起きたとき、あなたの立っていた位置はどのあたりですか？」

静代は現場見取り図を広げ、和子に見せてきいた。

「この、歩道のところです」

和子は指を差して言った。

「そうしますと、あなたは横断歩道に足を踏み出していたわけですね?」

「歩きかけたとき、左手から車が走ってきたので足を止めたのです」

静代はしばらく考えてから、

「被害者の自転車が走ってくるのは、どの時点で見えたのですか?」

と、訊いた。

「私が歩き出したのと同時でした」

「被害者は傘をさしていたでしょうか?」

「傘?」

和子は怪訝そうな顔つきをした。

「そうです。被害者は傘をさして自転車に乗っていたのでしょうか?」

「はい。片手で傘を持っていたと思います」

「間違いありませんか?」

静代は確認した。和子はうなずいた。

「すると、少しおかしなことになるんです」

和子の顔が不安そうに曇った。

「事故現場で被害者の傘は、被害者が信号待ちしていた車道の横の電柱にひっかかっていたのです。はじめ、衝突のショックで傘が飛ばされたものと考えていましたが、ちょっと不自然なのです。だって、あの日の風向きからすると飛ばされた方角が逆なんです」

「………」

「被害者は傘を放り投げて、自転車を走らせてきたんじゃないかしら？」

和子が目をいっぱいに見開いて、静代をにらみつけた。静代はその視線をはねつけ、

「あなたは牛尾良彦という人をご存じですね？」

その名前を出した時、和子は激しく反応した。静代は手応《てごた》えを感じた。

「なぜ、そんなことをきくのですか？」

和子は静代に逆らうように言った。すると、裁判長が和子に向かって、

「証人はきかれたことに答えてください」

と、注意した。

「いかがですか？　牛尾良彦という人をご存じですね？」

静代はきいた。

「はい。知っています」

　やっと、和子は答えた。それまでと彼女の態度は急変した。

「どのような関係ですか？」

「銀行時代の同僚です」

「恋人だったのではないですか？」

　和子はじっと唇をかんで押し黙った。

「異議あり！」

　検察官の声がとんだ。

「弁護人の尋問《じんもん》は本件と無関係だと思いますが……」

「目撃者の証言は両刃《もろは》の剣《つるぎ》と考えられます。本件の場合、証人が事故当事者と特別な関係にあったわけではありません。したがって、加害者に不利益な証言をする理由は見当たりません。しかし、たとえ証人が当事者とまったく関係ない第三者であったとしても、証人の心理を微妙に左右する状況にあったとしたら、証人に偽証《ぎしょう》の可能性が出てくると思います。弁護人は、目撃当時、証人は特異な精神状態にあったと考えます。そのために、このような偽証をしたと考えております」

　静代は必死に訴えた。

「わかりました。それでは尋問を続けてください」

裁判長の声に、静代は再び和子に目をやった。

「さあ、どうなのですか？」

「そんな仲ではありません」

静代はしばらく和子を見つめていたが、急に声を張り上げ、

「証人は、事実を述べることを宣誓しているのですよ。もし、嘘をついたら偽証罪に問われることになるのですよ」

と言った。その声で、和子は脅えたような目になった。

「あなたは事故当夜、牛尾良彦氏と会っていましたね？」

「はい」

「そこで、どのような会話をされたのですか？」

「いえ、別に……。仕事のこととか、そういった話でしたわ」

「あなたは牛尾さんのことを、どう思っていましたか？」

「銀行の同僚ですし、頭の切れる人だと思ってました」

「いえ、あなたの感情をきいているのです。あなたは牛尾さんと愛人関係にあったのでしょ。違いますか？」

「愛人関係だなんて……」

和子は消え入りそうな声で答えた。

「結婚を考えたことは？」

和子は微《かす》かにうなずいた。

「あの夜、あなたは牛尾さんから別れ話を持ち出されたのではないですか？」

和子はじっと唇をかみしめていた。プライドの高い女だ。自分が捨てられたということが我慢ならないのかもしれない。

「証人は宣誓《せんせい》して真実を述《の》べることを誓っているのですよ。正直におっしゃってくださいね。あなたは、あの夜、牛尾さんから別れ話を持ち出された。そのショックで、あなたは浅草橋から電車にも乗らず雨の中を歩いたのではないですか？」

和子はじっと唇をかんでうつむいていた。

「被害者の平木さんは、失業し奥さんと別居してから、ずっとノイローゼぎみだったそうです」

静代は平木の両親の話を思い出し、苦いものが胸にわきあがった。深呼吸してから、

「あの時、被害者は自らの意思で車の前に飛び出したのではないですか？」

裁判長が身を乗り出し、和子の表情をじっと見つめていた。

和子は両手を証言台についてうつむいていたが、突然、顔をあげた。

まるで、別人とも思える態度で、事故の一部始終《しじゅう》をいっきに喋った。

「私は被害者に同情すると同時に、加害者がとても憎らしくなったのです。加害者が私を裏切った人間に似ていたことと、愛人を連れていたことに気づいて無性《むしょう》に腹だたしくなり、ほんとうのことを言うのをやめたのです」

続いて検察側の反対尋問。検察官は真っ赤な顔をして立ち上がった。

「あなたねえ。あなたは警察官に対して、車が信号無視してきたと証言しているのですよ。あなたは嘘をついていたと言うのですか？」

検察官が鋭《するど》い声を和子に浴《あ》びせた。

「申し訳ありません」

検察官は顔を紅潮させ、和子をにらみつけていたが、

「ここに、あなたが警察官および検事の前で供述した供述書があります。これによりますと、あなたはそんなこと一言もふれていないのですよ」

「嘘をついたことは申し訳なく思います」

「検察官はこの証人の証言には納得いきません。調書こそ真実を語っていると思います」

検察官は調書の信用性を主張し、和子の法廷における証言を否定した。

そこで、静代は牛尾良彦の証人申請をした。牛尾に証言させることにより、和子の証言

の信憑性《しんぴょう》を証明しようとしたのだった。

次回公判に、牛尾良彦の召喚《しょうかん》が決まって、その日は閉廷になった。

静代が傍聴席を見ると、ビジネスマンふうの男がじっと和子の背中を見つめていた。

6

東南銀行の牛尾良彦に対し、裁判所は召喚状を送達した。

その召喚状には、出頭年月日および場所、そして、正当な理由がなく出頭しないときには過料《かりょう》又は刑罰に処せられ、かつ勾引状《こういんじょう》を発することがある旨《むね》が記載されていた。

召喚状を受けた牛尾は、静代に電話をかけてよこし、

「なぜ、ぼくが法廷で証言しなければならないのですか?」

と、抗議した。

「和子さんの証言を裏付けるためには、ぜひともあなたの証言が必要なのです。お願いします」

静代はそう言った。

「ぼくには仕事があります。今、忙しいんです。出たくありません」

「召喚状にも書いてあるでしょ。出頭しないと罰を受けることもありますよ」

牛尾の唸《うな》るような声が聞こえた。


第二回公判期日に、牛尾は証人として出廷した。

牛尾は人定質問にふてくされたように答えた後、

「良心にしたがい、知っていることを隠さず、正直に述べることを誓います」

と、細い声で宣誓文を読みあげた。

宣誓がすんだ時、四十前後の中肉中背の男が静かに入ってきて、傍聴席の中央に腰をおろした。その男を見て、静代はおやっと思った。前回も傍聴していた男性である。どういう関係の人だろうと思ったが、裁判長の声で我にかえった。

「弁護人、証人尋問をどうぞ」

静代はゆっくりと立ち上がった。

「千賀和子さんをご存じですね？」

「はい」

聞き取れないような声で牛尾は答えた。

「どのような関係ですか？」

牛尾は蒼《あお》い顔で、

「なぜ、そのようなことに答えなければならないのですか？」

と、反論した。

「正当な理由なく証言を拒否すると、過料その他の制裁を受けなければなりませんよ」

裁判長が牛尾に注意を与えた。牛尾はその声で気弱そうに唇をかんだ。

「あなたは千賀和子さんと恋愛関係にあったのでしょうか？」

静代は質問を続けた。牛尾は軽くうなずいた。

「結婚するつもりだったのですか？」

「いえ、そんな仲ではありません」

牛尾は答えた。

「あなたは千賀さんと旅行をしたことがありますね？」

牛尾は小さい声で、

「……ありますｊ」

「旅費はどなたが負担したのですか？　あなたですか？　それとも千賀さんですか？」

牛尾は首すじにびっしょり汗をかいていた。

「ほとんど千賀さんが出していたんじゃありませんか？」

「全部じゃありません……」

「洋服もほとんど千賀さんが買って与えたものですね？」

「彼女が勝手に買ってくれたんです」

「千賀さんは貯金をあなたのためにほとんど使っています。どうして、千賀さんはあなたのためにそれほどのことをしたのでしょうか？」

「あねご肌の人ですから面倒を見るのが好きだったんだと思います」

「あなたと結婚するつもりだったからじゃないんですか？」

「結婚の約束など一度もしたことはありません」

「しかし、千賀さんは結婚を夢見ていたんですよ。そのことを知っていたんでしょ？」

「いいえ、彼女はそこまで考えていなかったはずです」

「じゃあ、なぜ千賀さんが貯金をはたいてまで、あなたのために尽くす必要があるんですか？　それともあなたは千賀さんにうまいことを言ってお金を引き出していたというのですか？」

「ち、違います」

牛尾はあわてて言った。

「あなたはK工業の社長の娘さんと婚約なさったそうですね？」

静代がその質問に移った時、傍聴席に座っていた男が静かに立ち上がって、法廷を出ていく姿が目の端に入った。

判決公判で、被告人の熊谷に無罪判決が下りた。

「――当夜は雨が降っていて視界が狭かったという悪条件とともに、被害者は自殺しようとしてスピードをあげて進入したものであり、被告人が被害者を発見し得たとしてもその衝突を回避することは不可能であったと考えざるを得ない」

判決理由で、裁判長はこのように述べた。

判決の翌日、熊谷が妻を連れて静代のもとに挨拶にきた。

「おそらく検察は控訴しないでしょう」

静代は言った。熊谷は大仰《おおぎよう》に、

「今度はほんとうに先生のおかげで助かりました」

と、頭をさげた。

過失のないことが立証され、おそらく民事上も損害賠償の責任はないと思われるが、被害者の遺族に見舞い金という形で、できるだけのことはしたいと熊谷は言った。

「たとえこっちが悪くないといっても、私の車が平木さんの命を奪ったことに間違いはないんですからね」

静代は被害者の遺族のことが気にかかっていたので、熊谷の気持ちが胸にじんときた。子供は結局、平木の両親が育てることになったようだが、平木は交通事故に関してはひかれ損であり、唯一、生命保険金がおりるだけに違いない。

静代はもう一つ気がかりなことを熊谷に訊ねた。

「嘘の証言をした千賀和子のことですが……」

すると、熊谷は、彼女のことはもういいですと言った。考えてみれば、彼女もかわいそうな女性だと熊谷は同情的な発言をした。

その発言は意外であった。和子が嘘の証言をしたため、熊谷は勾留されて社会から隔絶した生活を送らざるをえなかったのである。それなのに、和子を許そうとしているのだ。

「私も拘置所に入っていて人生観が変わった気がしますよ」

熊谷はそう言って帰っていった。熊谷を見直した思いがして、静代はなんとなく心がなごんだ。

「どうしたんだい？　ぼおっとして」

「あ、先生」

人間なんてわからないものだ、と考えていたところを佐田に声をかけられた。

「いろいろ御苦労だったね」

佐田は白い歯を見せて笑った。

7

佐田法律事務所に静代を訪ねて男がやってきた。東南銀行の大塚部長であった。

意外な人物の訪問に、静代は来訪の意図を測りかねながら、大塚を応接室に案内した。

向かいあって座ると、大塚がいきなり、

「先生は、千賀くんと牛尾くんの仲をどうして知ったのですか？」

と、きいた。静代はその質問をいぶかしく思いながら答えた。

「実は手紙が届いたのですわ」

「手紙？」

大塚は目を見開いてから、

「その手紙を見せていただけないでしょうか？」

「手紙……手紙の差出人に心あたりがあるのですね？」

静代はそう言ってから、いそいで自分の机にとって返し、手紙をもってきた。

そして大塚に手渡した。大塚はその手紙を一目見て、

「やっぱり……」

と、つぶやいた。

「誰なのですか、この手紙を書いた人は？」

しかし、大塚は眉をよせて考えこんでいた。しばらく経って、やっと口を開いた。

「実は、私は牛尾くんに見合いの世話をしたんです」

「あなたが？」

「牛尾くんは見合いをし、相手からも気に入られ婚約しました。ところが……」

大塚は言い淀《よど》んでから、

「きのうK工業の社長秘書の方が銀行にやってこられ、牛尾くんとの婚約を白紙に戻したいという社長の言づけを持ってこられたのです」

「婚約破棄？」

静代が驚いてきき返すと、大塚は眉をひそめて、

「牛尾くんと千賀くんは深くつきあっていたそうですね。話をきいてびっくりしました。ふたりの関係を知った先方が激怒し、婚約破棄を言い出したのです。まあ、女性と深いつ

きあいがあっただけなら先方も目をつぶったのでしょうが、牛尾くんは千賀くんのヒモまがいだったそうじゃないですか。そのことが相手のご両親には我慢ならなかったのでしょう。娘婿《むすめむこ》に会社を継がそうという心積もりがあったでしょうからね。おかげで、私の信用もまるつぶれでねえ。秘書の方の話だと、あんないい加減な男を娘に紹介したと社長は怒っておられたそうです」

「………」

「牛尾くんがあんな男だとは、思ってもみませんでした。千賀くんの言うことを信用しておけば……」

大塚は嘆くように言った。

「それはどういうことですの？」

静代はいぶかしげにきき返した。

「千賀くんが逆上して私のところに来たことがありました。牛尾くんと結婚するつもりでつきあってきたというんですな。驚いて牛尾くんを呼びつけたところ、彼女が一方的に自分に好意を持っているだけで、深い交際なんてないと言うんです。私は行員にそれとなくきいてみましたが、牛尾くんの言う方が正しいと判断し、千賀くんに、あまりいいかげんなことを言うな、と叱責《しっせき》したんです」

「じゃあ、千賀さんが銀行を辞めた理由というのは、そのことがあったからなのですね？」

「千賀くんは私のことを相当恨んでいたでしょうな」

「………………」

大塚は黙ってうなずいた。

「でも、どうしてその秘書の方はふたりのことを知ったのですか？」

静代は疑問を口に出した。

「裁判を傍聴したからです」

その声に、静代はあっと声をあげた。傍聴席にいた男を思い出した。

あの男はＫ工業の社長秘書だったのか。

「でも、なぜ秘書の方は裁判のことを知っていたのですか？」

「手紙ですよ」

「手紙？」

「むこうにも、手紙が届いたのですよ」

「なんですって！」

静代は思わず大きな声を出した。

「その手紙には、牛尾くんと千賀くんの仲を匂わすことが書いてあり、詳しいことは裁判を傍聴しろと書いてあったそうです。それで、秘書に裁判を傍聴させ、ふたりのことがわかったというわけですよ」

静代はじっと大塚の顔を見つめた。

「ふたつの手紙は千賀くんが書いたものに違いありません」

大塚はふうとため息をついて言った。

静代は、今やっと和子の心がわかったような気がした。

あの事故の夜、彼女は平木が車に飛び込むところを目撃した。ところが、加害者が牛尾によく似た男であり、それに女連れであった。彼女はその二人が牛尾と婚約者のような気がして、とっさに警察官に嘘をついた。車が赤信号を無視し事故が起きたと証言したのだ。

数日後、和子は牛尾の件を大塚部長に訴えたが、大塚はまったく和子の言いぶんを信用せず、かえって和子をたしなめたのである。この時、和子にその計画が閃《ひらめ》いたのではないだろうか。嘘の証言をしていたことが、彼女にその計画を思いつかせたのだ。

牛尾を法廷にひっぱり出し、自分との仲を明らかにさせる。嘘をつけない状況で、牛尾の口から告白させようとしたのだ。だから、ずっと嘘の証言を押し通し、裁判までもっていった。

あの裁判は牛尾こそを裁くためのものだったのだ。

その夜、静代は千賀和子のアパートを訪ねた。彼女はちょうど会社から帰宅したばかりのようだった。

部屋にあがると、茶ダンスの上にあった写真立ては、すでになかった。あの写真立ても、弁護士が訪ねてくることを計算して用意していたものだろう。

居間で向かいあってから、

「きょう大塚部長がやってきました」

と、静代は口を開いた。

「牛尾さん、先方から婚約破棄されたそうです」

静代は言った。和子は表情一つ変えなかった。

「この手紙、あなたね？」

静代はバッグから手紙を出し、和子の前に置いた。彼女は横目でチラッと見ただけで、何も言わなかった。

「牛尾さんの婚約者の家にも送ったのね？」

しばらく経って、和子が顔をあげた。それまでの突っ張った表情は消えていた。

「あの雨の夜、私自身にも死にたいという気持ちがあったのかもしれません。それが、目の前で、自転車に乗った男性が車の前に飛び出したのを見て、ショックを受け、道路に倒れた男の人を見つめているうち、不思議なことに私の中から死にたい気持ちが消えていったのです。でも、車から降りてきた男性を見て牛尾さんを思い出し、その瞬間、牛尾さんに対して怒りが生まれたのです」

和子は焦点の定まらない目を静代に向け、

「私ひとりが傷つき、あんな男がなにくわぬ顔して結婚して幸福になる。私はそれががまんできませんでした。だから、大塚部長に訴えたのです。でも、大塚部長は私の言うことを信用してくれませんでした。それだけじゃなく、相手の家に押しかけるようなみっともない真似はやめろ、と怒鳴ったのです」

彼女は夢中で喋った。やっと話し相手を得たという気持ちがあるのだろうか。

「誰も私の言いぶんを信用してくれない。それが悔しかったのです。だから、私の言うことが正しいことを認めさせるため、牛尾さんに真実を語らせようとしたんです」

彼女もかわいそうな女性だ、と言った熊谷の言葉を静代は思い出していた。

涙雨からくり

1

〽みづの出花《でばな》と二人が仲は　せかれ逢《あ》はれぬ身の因果《いんが》……

向島《むこうじま》花街の一画にある板塀に格子造りの家で、私が小唄と三味線《しゃみせん》を習いはじめてから三カ月。育ての親であるスミの、「あんたも三十過ぎたんだから、そろそろ小唄《こうた》でもはじめたらどうかしらねえ」という勧《すす》めによる。

スミは踊りは名取《なとり》だし、新内《しんない》、清元《きよもと》から能《のう》、歌舞伎《かぶき》と多趣味の女だった。

昼下がり、お師匠さんと稽古《けいこ》台をはさんでの差し向かいの稽古が終わりかけたとき、玄関があわただしく開く音がした。

「ごめんください」

芸者のすずめ姐《ねえ》さんの声だった。

すずめ姐さんは急いで座敷にやってくると、私の顔を見て、

「あら、お稽古？」

「終わったところです。それより、何事です。そんなにあわてて」

私はすずめ姐さんを見上げて言った。

きょうのすずめ姐さんはTシャツにジーパンという出で立ちで、胸や腰の線が浮き出ていて眩《まぶ》しい。白いえり足が、着物姿と違って、また別の色香があった。

「お師匠さん、敏恵《としえ》ちゃんのことですけど……」

すずめ姐さんは空《あ》いている座布団《ざぶとん》に腰を下ろして言った。

「えっ、敏恵ちゃん？　あら、あの娘《こ》の居場所、わかったの？」

お師匠さんが切れ長の目を向けた。

「いえ、そうじゃないんです」

すずめ姐さんは手を振ってから、

「敏恵ちゃんの故郷って秋田県でしたよねえ」

「ええ、確か能代《のしろ》市。それが？」

「苗字《みようじ》は吉野《よしの》……？」

「そう、そう」

「じゃあ、やっぱり……」

「どうしたというのさ？」

お師匠さんはじれったそうにきいた。

「これなんですよ」

と、すずめ姐さんは四つにたたんだ新聞を見せた。

それはコラムである。すずめ姐さんは昔は文学少女で、本をかなり読んでおり、また、新聞も隅々まで目を通している。お座敷で、どんな客の話し相手にもなれるというのがすずめ姐さんの自慢だった。

「ちょっと、すずめちゃん、読んでよ」

お師匠さんはすずめ姐さんに新聞を押し返して言った。

「ぼくが読みましょう」

私は新聞を受け取り、コラムを声をあげて読んだ。

「幻の事故――先日、警察詰めの若い記者からきいた話である。先月の十二日、浅草署に、『昨夜八時半ごろ、若い女性が車にはねられるのを目撃した。運転していた男は倒れた女性を車に乗せ走り去ったが、衝突時のスピードから相当な重傷と思われる。無事、病院に運ばれたのか調べて欲しい』と男性の声で電話があった。浅草署は白鬚橋《しらひげばし》西詰交差点を調べたが、確かに車のスリップ跡があったものの特に事故の痕跡《こんせき》は発見できなかった。ただ、歩道の脇に赤いハンドバッグと傘が落ちており中身が散乱していた。前夜からの大雨で、現場の痕跡は雨に流されており、念のために付近の救急病院に問い合わせたが、女性の患者を運びこんだという事実はなく、結局、警察はイタズラ電話と判断した。ところが、先日、秋田県能代市に住む吉野かなという女性から、ひかれたのは行方不明になっている娘ではないかという問い合わせの電話があった。警察では交通事故の事実はないと判断しており、妙な問い合わせに戸惑っている――」

読み終わった後、私は、

「敏恵ちゃんて誰なんですか?」

と、すずめ姐さんとお師匠さんの顔を見比べてきいた。

「前にうちにいた娘なのよ」

お師匠さんは答えた。

「見番《けんばん》に頼まれてうちに置いてやったんだけど、今の若い娘はだめね。三味線や踊りの稽古にしんぼうできないんですもの。去年の暮れに突然、やめちゃったのよ」

「なんで、そんなに敏恵という娘のことを気にするんです?」

私はきいた。すると、すずめ姐さんは、

「彼女、お師匠さんの家を出る時、お金借りていきますって書き置き残して、十万円持っていっちゃったのよ」

と、眉《まゆ》をひそめて言った。

「ところが、先月の頭、郵便受けに十万円といっしょに敏恵ちゃんからの手紙が放りこまれてあったの」

お師匠さんが言った。

「わざわざ返しにきたんですか？」

「きっとマスターが強く言ってくれたのじゃないかしら」

「マスター？」

私はすずめ姐さんに目をやった。

「四谷《よつや》のスナックのマスター。彼女、お師匠さんの家を出て、そこで働いていたの」

「どうしてわかったのです？　だって、黙って出ていっちゃったんでしょ？」

「坂口《さかぐち》ゴムの社長が、偶然、街で出会って、スナックにいると聞いてきたのよ」

同じ向島で商売をやっている、頭髪の薄い社長の顔を思い出した。

「社長がわざわざ教えにきてくれたのさ」

お師匠さんが湯飲みを持って言った。

「それで、私がスナックへ行ってみたというわけなの」

すずめ姐さんが言った。

「でも、すぐその店をやめちゃったそうなの。マスターに訊いたら行き先はわからないって言うでしょ」

すずめ姐さんは話を続けた。

「で、しかたないから、事情を説明し、敏恵ちゃんに会うことがあったら、お師匠さんのところに連絡するように言《こと》づけたの」

「それが今年？」

「そう一月だったわ。それっきり」

「ところが六月の初めに、金を返してくれたというわけですね」

私は言った。

「『幻の事故』のちょっと前のことになりますね」

「いやだわ。まるで死ぬことがわかって身辺《しんぺん》の整理をしていたみたいねえ」

すずめ姐さんは細い眉を寄せて言った。

私はすずめ姐さんといっしょにお師匠さんの家を出た。

梅雨《つゆ》明けにはまだ間があり、どんよりとした空だった。

「そろそろ四万六千日ねえ」

と、すずめ姐さんが歩きながら言った。浅草寺《せんそうじ》の鬼灯市《ほおずきいち》のポスターがはってあった。

すずめ姐さんと四つ角の柳の所で別れ、私は隅田川沿いにあるマンションに戻った。

マンションの自室のドアの横に『遠野史朗《とおのしろう》探偵事務所』と看板がかかっている。さらに脇に〈相談料・調査費一切無料〉とある。

私はスミとふたり暮らしである。部屋に入ると、入口に女物の靴が二足ならんでいた。奥の部屋を覗《のぞ》くと、乳母のスミが喪服《もふく》を着ているところだった。

スミは私の顔を見て、

「ちょうどよいところに帰ってきたわねえ。この人たちを木母寺《もくぼじ》に案内してやっておくれでないかい」

「木母寺へ？」

と聞き返した。傍《そば》で若い女がふたり困ったような顔をして、私を見つめた。

私はスミにきいた。

「どうしたんだい？　何か不幸が？」

「そうなのよ。深川《ふかがわ》の旦那《だんな》さんのお身内が急に亡くなったんですって。今夜がお通夜《つや》」

『深川』とは、私の実の母がいる料亭のことで、深川で三本の指に入るという老舗《しにせ》である。スミはそこで若い頃から仲居をしていた。母を子供の頃から知っているのだ。

「こちら、東都《とうと》女子大の『能研究会』の田代《たしろ》……」

スミの口から名前がなかなか出てこないので、むこうから、田代江美《えみ》と川上尚子《かわかみなおこ》と名乗った。

私がふたりからスミに目を移すと、

「大手町の知り合いの娘さん」

と、スミが言った。大手町とは、父の会社のある場所である。父は名前を言えば誰もが知っている大会社の会長だった。

スミは父方のことを大手町、母方のことを深川と地名で呼ぶ。

「前々からの約束で、きょう『隅田川』の舞台を案内して説明してあげるつもりで来てもらったんだけど、あいにくの電話」

スミは帯をしめながら言った。

「頼むわ。こうもいっしょくたに用件が重なっちゃねえ」

2

私は東都女子大の『能研究会』のふたりを『梅若塚《うめわかづか》』のある木母寺に案内するはめになった。

愛車を使おうと思ったが、やはり下町は歩いた方がいい。彼女たちにそう言って、東武《とうぶ》曳舟《ひきふね》まで歩き、東武電車に乗った。

電車の中で、ドアの傍に立ったふたりがつり革につかまっている私の方を横目でしきりに見ていた。

おそらく私が何をしている人間かあれこれ勝手に想像しているのだろう。

三十過ぎの男が探偵事務所の看板をかかげ、平日の昼間から小唄を習っているのだ。誰もが不思議に思うかもしれない。

東武線鐘ケ淵《かねがふち》駅でおり、北へせまい道をたどると、隅田川七福神めぐりの最後のひとつ多聞寺《たもんじ》へ向かうが、まっすぐ鐘ケ淵通りを進んだ。

墨堤《ぼくてい》通りに出ると、白鬚地区防災拠点の高層住宅が並んでいる。

工事中の道路を横断し、団地の間を抜けた。木母寺は団地の向こう側、隅田川のほとりにあった。傍に隅田川神社がある。

木母寺の境内《けいだい》に梅若塚がある。梅若塚は、謡曲《ようきょく》『隅田川』に登場をする梅若を祀《まつ》ったものである。梅若塚も高層アパートと高速道路にはさまれ、肩身がせまい思いをしているようであった。

洛陽北白川《らくようきたしらかわ》の吉田少将惟房《よしだしょうしょうこれふさ》の一子梅若丸が、人買いにさらわれ、武蔵下総《むさししもうさ》の境なる隅田川まで連れてこられて、そこで病に臥《ふ》し、〈訪ね来て問はば答へよ都鳥《みやこどり》　隅田川原の露《つゆ》と消えぬと〉と詠んで息絶えた。貞元元年（九七六）三月十五日で十二歳であった。

不憫に思った地元の人々が、その子供の霊を祀って毎年供養した。そこに、子供を探し求めて隅田川に来た母親が、向こう岸に渡るため渡し船に乗ったところ、彼岸に大念仏の声を聞き、渡守に訊ね、その供養が我が子のものと知る。母は岸に上がり大念仏に加わり念仏すると塚から子供の幽霊が現れ、母は子を追いながら嘆き悲しむというものである。

「毎年、梅若が亡くなった一カ月後の四月十五日に梅若権現忌《ごんげんき》として供養が営まれるんですよ」

私はふたりに説明した。

江美と尚子はさかんにお堂の写真をとっていた。しかし、お堂は防火ガラスの中に収まっており情緒《じょうちょ》がない。

現在地は昭和五十一年に移されたもので、旧地は団地の前の梅若公園の中にあった。公園の中に石碑が立っているが、その前で団地の子供たちが遊んでいた。

「じゃあ、母親が剃髪《ていはつ》して庵《いおり》を結んだ場所に行きましょうか」

私はそう言って、木母寺を出た。陽《ひ》がだいぶかげってきた。

隅田川通りの団地の前を通り、明治通《めいじどお》りを右に曲がり、白鬚橋にさしかかった。

隅田川の川面《かわも》に数羽の鳥があそんでいた。

「カモメ?」

白鬚橋の欄干《らんかん》から身を乗り出して、尚子が言った。すると、江美が、

「都鳥でしょ」

と、無風流をたしなめた。

母親が隅田川の渡守に、カモメを見て、その名を問うたとき、沖の鷗《かもめ》と答えたのに、〈なぞ都鳥とは答へ給《たま》はぬ〉

と、渡守の無風流をたしなめた。江美はそれを真似《まね》たのだろう。

この母親が、伊勢《いせ》物語の在原業平《ありわらのなりひら》の詠んだ、〈名にし負《お》はばいざ言問《ことと》はん都鳥　わが思ふ人はありやなしやと〉を知っていて無風流をたしなめたのである。

白鬚橋を渡ると台東《たいとう》区と荒川区の境である。橋をくだったところで、私は彼女たちに、

「この辺りに、渡船場があったそうだ」

と、説明した。

「梅若の母がここから船に乗り、さっきの梅若塚のあたりで里人たちが梅若のために大念仏をしているところを見つけるというわけだね」

私の説明をよそに、別な方角に目を向けていた江美が声を出した。

「あれ、なんでしょう？」

私には、梅若の母が、〈何事にて候《そうろう》ぞ〉と渡守に訊ねた声のように聞こえた。私がその方に目をやると、通りの反対側で女性が道行く人をつかまえては何かを訊ねていた。単に道を訊ねている雰囲気ではなかった。悄然《しょうぜん》とした様子である。

女性の姿を遮《さえぎ》るように車が疾走《しっそう》していた。

「ずいぶん疲れているみたい」

私はその時、すずめ姐さんが持ってきた新聞のコラムを思い出した。

自分の娘が交通事故に遭ったのではないかと、警察に電話した母親の話である。

その女性は交差点のたもとでしゃがみこんでしまった。

能の『隅田川』は狂女物《きょうじょもの》の一つで、

〈人の親の心は闇《やみ》にあらねども、子を思ふ道に迷ふとは……〉

という謡《うたい》で、子供を探し求めて隅田川にやって来た母親がクルイを見せるのである。

私はその女性を我が子を探し求めてさまよう梅若の母親と重ねあわせた。

私は気になって、交差点を渡った。しゃがみこんでいる女性に声をかけた。

「どうしましたか？」

しかし、女性は虚脱《きょだつ》状態にあるのか、私の声が耳に入らないようだった。江美と尚子も傍にきて、女性を心配そうにのぞきこんだ。

「失礼ですが、吉野さんですか？」

その声で、女性は顔をあげた。

「どうして名前を？」

女性は顔に不審そうな表情をつくった。

「新聞で読んだのです」

女性は微《かす》かにうなずいた。

「ここで何をしていらっしゃるのですか？」

「……さっき警察で現場に落ちていたというバッグを見せてもらいました。その中に私が敏恵に渡したお守りが入っていたんです」

女性は切れ切れの声で言った。私はしばらく女性の様子をうかがってから、ふいに二人に顔を向けて、

「君たち、すまないが、ふたりで妙亀塚《みょうきづか》に行ってくれないか？」

妙亀塚は、梅若丸の母親が剃髪して妙亀尼《みょうきに》となり、庵を結んでいた跡だと言われているが、妙亀塚の脇に立っている説明書きには、子の後を追い、鏡ケ池《かがみがいけ》に飛び込み、これを哀《あわ》れんだ里人が塚を立てたと書かれている。

「いえ、今度、また案内をお願いします」

ふたりは同時に言った。


私はマンションの部屋に吉野かなを連れてきた。スミは通夜に出かけていた。

窓辺の釣忍《つりしのぶ》の風鈴《ふうりん》が涼しげな音色《ねいろ》をかなでている。

吉野かなは冷たい麦茶を飲んで、ようやく落ち着いたようだった。

「どうして、あの場所で事故があったことを知ったのですか？」

私は訊ねた。

「友達だという女性から電話があって、敏恵が先月に東京で交通事故に遭《あ》った、と言ってきたんです。浅草署に問いあわせてみなさい、と言いました。浅草署に電話したら、事故は起きていないと言うんです。でも、落ちていた赤いハンドバッグの中身が敏恵のものらしいので、きのう秋田から出てきたんです」

「…………」

「警察は、交通事故が発生した形跡《けいせき》はない、と言ってましたが、そんなはずありません。だって、あの娘《こ》の持ち物が道路端に散乱していたんですから。警察が調べてくれないなら、自分で事故の目撃者を探さなければならないと思ったのです」

「娘さんとはいつから会っていないのですか？」

「正月に一度、帰ったきり……」

吉野かなは声を詰まらせた。敏恵は東京での住まいを教えていないようだった。

「娘がどんな生活をしていたのか、それが知りたいんです。私たちに、デザインの仕事をしていると嘘《うそ》ついて……」

敏恵の父親は、秋田県能代市の中学校の元校長で、二人の兄も、ひとりは地元の中学校教師、もうひとりは銀行員という家庭で、質実剛健《しつじつごうけん》な土地柄の、地元ではかなりな名士《めいし》ということであった。

私は、娘さんがしばらく花街にいたなどとは話せなかった。

「娘さんの写真、ありますか？」

吉野かなはバッグから名刺サイズの写真を取り出した。

その夜、吉野かなは泊まって、翌朝秋田に帰った。

3

上野に吉野かなを見送ったあと、私はお師匠さんの家に向かった。

お師匠さんの家の前で、後ろから声をかけられた。立ち止まってふり返ると、すずめ姐さんだった。

三味線を抱えてすずめ姐さんが近づいてきた。きょうは白地の着物姿だった。

「これからお稽古？」

「いえ、違うんです。ちょうど良いところで会った」

私は写真を取り出して、

「お師匠さんのところにいた敏恵という女性、この人でしょ？」

すずめ姐さんは写真を見ていたが、

「そう、少し若いようだけど、敏恵ちゃんよ」

と、顔をあげて言った。

「でも、この写真、どうしたの？」

「ちょっと、お師匠さんのところに行きませんか？」

すずめ姐さんは好奇心に満ちた目を輝かせた。

私はお師匠さんの家で、吉野かなとの出会いを説明した。

「やっぱり敏恵ちゃんのことだったのね」

お師匠さんがため息まじりにつぶやいた。

お膳《ぜん》の上の枝豆にときたま手を伸ばしながら、すずめ姐さんがつぶやくように、

「敏恵ちゃん、ほんとうに車にひかれちゃったのかしら」

「敏恵ちゃんがねえ」

お師匠さんが眉をひそめた。

「車にひかれた後、敏恵ちゃんはどこに連れていかれたのかしら。まさか……」

すずめ姐さんは暗い顔をした。どこかに運び去られ、埋められたか海中に捨てられたかしたと想像しているようだった。

私はすぐに、

「どこか別の地区の病院に運ばれ、元気になっていることも考えられますよ」

「だったら、実家にも連絡するんじゃないかねえ」

「ひょっとして、記憶を失っているのかもしれませんねえ」

私は思いついたことを口に出した。

「よくあるでしょ。交通事故に遭い、ショックから記憶を失ったという話……」

お師匠さんが眉をひそめた。

「でも、生きていればひと安心ですけどねえ……」

「敏恵ちゃんの実家に電話連絡したのは女の声だったのでしょ？」

すずめ姐さんがふと思いついたように言った。

「どうしてその友達は交通事故の件を知ったのかしら」

私は思わず、すずめ姐さんの顔を見た。

「だって、事故は六月十一日よね。一カ月も経《た》って秋田の家に知らせるの、おかしくないかしら？」

すずめ姐さんは小首をかしげた。

「ほんとうねえ」

「こう考えたらどうでしょう」

と、しばらく考えてから私は自分の考えを口に出した。

「吉野敏恵はたいした怪我《けが》じゃなかった。でも、なんらかの事情があって失踪《しっそう》する必要があった。だから交通事故を利用したと考えられませんか？」

お師匠さんは襟に手をやってから、

「でも、どうしてそんな手のこんだことするのかしら、今までも音信不通だったんだし……」

と、疑問を投げかけたが、すぐ、

「お父さんは元校長で、お兄さんたちは教師と銀行員。厳しい家庭らしいわねえ。きっと実家に言えないような恋人ができて、それで蒸発しようとしたとも考えられるわねえ」

と、うなずきながら言った。

「捜索願を出されないように死んだことにしたかったのかしら」

すずめ姐さんが言った。その後、すぐ、

「あっ、たいへん。もうこんな時間」

と、いきなり立ち上がった。

「あら、すずめちゃん、今夜、お座敷？」

「そうなの。商店街の集まり」

そういって、すずめ姐さんはそそくさと帰っていった。

「忙しい娘《こ》ねえ。志朗さん、せっかく来たのだからお稽古していかない？」

お師匠さんが言った。

「そうですね。じゃあ少しだけ……」

と、言って、私は稽古台の前に正座した。

その夜、帰宅すると、まだスミは帰っていなかった。

私は風呂を沸《わ》かし、ひとりでさっさと入り、浴衣《ゆかた》に着替えると、ベランダに出て、生ビールを呑《の》んだ。

眼下に隅田川が見下ろせ、その向こうに浅草寺の五重塔の屋根がビルの合間に見える。

どこからか盆踊りの曲が流れてきた。

私は敏恵の母親のことを考えていた。我が子を捜す親の思いが痛いほど感じられた。

梅若丸の母親のように、我が子を探し求めてはるか東国まで訪ねてくる親の心は、どの時代も変わるものではないだろう。

〈聞くやいかにうはの空なる風だにも　松に音する習ひあり〉

何の心もない風でさえ、松に吹きつける時には音がするのに、訪ねるわが子はどうして返事をしてくれないのだろう。

能で、シテ（母親）が、愛児を思い、クルイを見せる場面である。

ふと私は自分の親のことを考えていた。父と母とは不倫の関係だった。場合によれば、私は父の会社の重要なポストにつけたかもしれないし、あるいは、母の料亭の跡を継げる立場にあったかもしれない。しかし、私は両方から追われた。

「あんたは一生、お金には困らないんだから、好きなように生きなさい」

そんな私をスミは不憫に思ったかもしれない。そう言われて育った私は、趣味人として生きてきた。中学、高校と、同級生が受験勉強に励《はげ》んでいるとき、私は能・狂言や歌舞伎、その他の芸事に熱中した。

今では、私を捨てた親に感謝すらしている。いや、それ以上に、自由に私を育ててくれたスミに感謝している。

いつの間にかスミが帰ってきていた。

着替えてから、スミもベランダにやってきて、ビールに手を伸ばした。

「例の娘さんの行方、わかったの？」

スミがきいた。ゆうべ遅く、通夜から帰った後、事情を説明してあった。

私はお師匠さんの家で話題になったことを話した。するとスミはしばらく考えていたが、ふいに顔を向け、

「はじめから事故などありはしなかったんじゃないのかねえ」

と、言った。

「だって、たまたま交通事故に遭って、助かったからそれを利用して失踪するなんて、できすぎじゃないかねえ。それより、はじめから、何らかの理由があって失踪する芝居をしたのじゃないかねえ」

「…………」

「その娘さんは金を返したと言ったねえ。そのことも失踪するにあたって、過去を清算し

たとも考えられるんじゃないかねえ」

スミは続けた。

「少なくとも、娘の死体が発見されていないんだから、娘が生きている可能性が強いねえ」

4

翌日、私は浅草署に出かけ、交通課の係長と会った。母親との関わりを説明すると、係長は、

「まあ、警察としては一応、現場を調べたんですがね、事故の痕跡はないのでそれ以上調べていないんですよ」

と、言い訳するように言った。

「調べたのは派出所ですね」

「そうです。橋場《はしば》二丁目の派出所です」

私はその派出所に向かった。

机に向かっていた巡査に、事故の件を訊ねると、奥から若い巡査が出てきて、調査した

のは自分だと言った。

「現場には車のスリップ跡が残っていました。しかし、事故があったというはっきりした証拠はありませんでした」

「赤いハンドバッグが落ちていたそうですねえ」

「ハンドバッグと傘でした。拾得物《しゅうとくぶつ》として保管しました」

私は少し考えてからきいた。

「あの夜、明け方まで、激しい雨が降っていましたねえ。雨で事故の痕跡、たとえば、車の塗料とか、被害者の血痕《けっこん》などが洗い流されてしまったとは考えられませんか?」

若い巡査は、

「警察としては、あの時点ではイタズラ電話としか考えられなかったのですよ」

と、ふてくされたように言った。

私は派出所を出てから現場に向かった。

仮に、事故がほんとうにあったとしたら、通報者はどこで事故を目撃したのだろうか。

白鬚橋西詰交差点に立って、あたりを見回した。高層マンションがあった。

私はそのマンションに向かった。三階の廊下から現場が見えた。もし、目撃者がいたとしたらこのマンションの住人かもしれない。

大雨の夜だったとしても、このマンションの三階以上の廊下なら目撃は可能だ。

私は東都女子大の江美と尚子に頼んで、仲間を集めてもらった。高給バイトということで、彼女らの仲間が六名集まった。マンションの住人にあたらせた。その部屋の住人ではなくても、たまたま遊びにきた人間かもしれない。そのことも注意してきくように伝えた。


私は結果が出るまで、家で三味線の稽古をしていた。

江美から電話があったのは、その翌日だった。

やはり、目撃者は見つからなかったという答えである。

もちろん目撃者はマンションの住人ではなく、通りかかった車の運転手かもしれない。しかし、運転手であればもっとはっきり通報するのではないだろうか。たとえば車の型を覚えているとか、ナンバーを覚えているとか。

やはり、事故は偽装《ぎそう》なのではないか。

私はすずめ姐さんにスナックのある場所を教えてもらい、そこに出かけることにした。マスターが最後に敏恵と会ったと思われるからだ。マスターは額《ひたい》の中央にほくろがあるとすずめ姐さんは言った。

都営地下鉄の曙橋《あけぼのばし》から四谷三丁目に向かう途中の路地を曲がったところにスナックがあるはずだった。ところが、そこは空地になっていた。私は驚いて、その隣の家を訪ね、事情をきいた。

するとその家の主人は声をひそめて言った。

「マスターの奥さんが亡くなって、店を閉めてしまいましたよ」

5

ホテルから墜落死

図書館で、新聞の縮刷版《しゆくさつ》から、やっとその記事を探しあてた。

それによると、今年の一月二十六日の夜十時頃、新宿歌舞伎町のホテル「シャンゼリゼ」で、八階の部屋の窓から若い女性が墜落するという事故があった。女性は下着姿のまで、死因は頭を強打したことによる脳挫傷《ざしよう》で即死状態だった。死んだ女性は、新大久保《しんおおくぼ》に事務所を持つホテトル「蒼《あお》い光」のホテトル嬢で、永沼佐和子《ながぬまさわこ》という名前である。

客の男性の話によると、近くで火事があり、それを見ようと、彼女は窓をいっぱいに開き、身を乗り出して見ていたが、そのうちにバランスを崩して落ちたということだった。

　私はすずめ姐さんに新聞記者を紹介してもらい、新橋《しんばし》にあるビルまで訪ねていった。ビルの地下の喫茶店で、私は記者からホテトル嬢の事故死の詳細をきいた。

「あのホテルから五十メートルぐらい離れた場所で火事があったんですよ。サイレンの音をきいて、永沼佐和子は様子を見ようとしたらしい。窓を開いて見ているうちにバランスを崩してしまったんですね」

「客の男は、逃げなかったのですね？」

「ええ、すぐにフロントに電話をしたそうです。二十八歳の普通のサラリーマンですが、警察の尋問《じんもん》にも、放心状態だったようです」

「なぜ、永沼佐和子はホテトル嬢になったんでしょう。人妻でしょう？」

「亭主は永沼伸吾《しんご》といってスナックをやっているんです。ところが、店の経営が思わしくなくて、赤字続きだったようです。借金も返済しなければならない。それで、奥さんをホテトル嬢にして働かせていたんですね」

　記者はコーヒーに口をつけてから、

「死んだ佐和子は福島県の出身で、二十三歳。五年前に上京してから故郷には帰っていないんです。両親が亡くなっており、兄嫁ともうまくいかず、ほとんど絶縁状態のようでした」

佐和子は美容師を目指していたが、スナックでアルバイトをするうちに、マスターの永沼伸吾と愛しあうようになり結婚した。しかし、スナックが赤字続きで、佐和子はホテトル嬢になって金を稼《かせ》ごうとしたらしい。

「亭主は、人目もはばからず遺体にとりすがって泣いていました。あの日、亭主は店を休んで水道橋《すいどうばし》にある宝生能楽堂《ほうしょうのうがくどう》に行っていたんですよ。自分が好きな能を観ている間に、奥さんはあんな死に方をしたんですから、心が痛んだんでしょうね」

「永沼伸吾は能が好きなんですか？」

能好きということが、私にある連想をさせた。

「ええ、そうらしいですね。なにしろ店を休んで、能を観に行くほどですからね。もっとも、店を開いてもあまり客が来なかったのでしょうが……」

記者がしみじみと言った。

「でも、皮肉なもんですね。借金を返すために、佐和子はホテトル嬢になったんです。それでも、借金を返すまで数年働かなくてはならないでしょ。それなのに、奥さんが死んで保険金が入り、借金が返せたのですからね」

「保険金？」

「ええ、五千万円の生命保険に入っていたんですよ」

「永沼という男は今、どこにいるのですか？」

「おそらく実家に帰ったんじゃないかな」

「実家？」

「保険金がおりると、借金を返済して店を閉め、田舎に帰ったそうですよ」

私は、永沼の故郷である岡山県津山《つやま》市にでかけた。新幹線で岡山まで行き、津山線に乗り換えた。永沼の実家は、吉井川《よしいがわ》沿いにあった。静かなたたずまいの中に、ひっそりと建っていた。

永沼は実家の近くで、喫茶店を開いていた。小さな店である。

私が店に入ると、三十代の背の高い彫りの深い顔の男がひとりいた。永沼伸吾であろう。なるほど、額の中央にほくろがあった。客は隅の方に高校生らしい男女がいるだけだった。

私はカウンターに腰を下ろした。私は永沼にコーヒーを注文してから、

「永沼伸吾さんですね？」

と、声をかけた。すると、男は、怪訝《けげん》そうに私を見てから、

「そうですが……？」

と、不審そうな顔で私を見つめた。

「吉野敏恵さんのことでお訪ねしたのですが」

私がそう言った時、永沼の顔に警戒の色が浮かんだ。

「あなたはどなたですか？」

「敏恵さんのお母さんに頼まれて、敏恵さんを探しているんです」

その時、奥で人の気配がした。急いでその方を見ると、女性の後ろ姿が見えた。

「失礼ですが、いまの女性は？」

私はきいた。

「この店を手伝っていただいている人ですよ」

永沼が怒ったように言った。女は奥に引っ込んだままだった。

「吉野敏恵さんじゃありませんか？」

「あんた、何しに来たんだ？」

突然、永沼が怒鳴《どな》った。奥の高校生が驚いて、顔を向けた。

「あなたは、能に興味があるそうですね」

その瞬間、永沼はビクッとした。

「あなた、六月十一日、東京に行っていますね。そこで、レンタカーを借りています」

「東京へ？　行ってませんよ」

「調べたんですよ」

私は追い詰めるように言った。

もう一度、バイト学生を集め、都内のレンタカー会社を片《かた》っ端《ぱし》から調べた。その結果、六月十一日、つまり白鬚橋西詰の交差点で敏恵がひかれた日、永沼が新宿の営業所から車を借りていることがわかった。

永沼は唇《くちびる》をかみしめていた。

「あなたが能に興味があると知って気づいたんですよ。あなたは敏恵さんが交通事故で死んだことにするためにあんな偽装《ぎそう》を考えた。場所をどこにするか。そこで、あなたは能の『隅田川』の舞台を思い浮かべた。梅若の母親が訊ねて、子供の死んだことを知る場所で、吉野敏恵さんを死んだことにするために、あんな幻の交通事故をでっちあげたんじゃないかってね」

永沼は私をにらみつけた。

「あの事故は偽装です。あの日、あなたは東京に来ていた。レンタカーを借り、白鬚橋西詰交差点で、わざと車のスリップ跡をつけ、ハンドバッグと傘を捨てたのです。そして、翌日、目撃者を装《よそお》い、警察に事故を通報した……」

「なぜ、私がそんなことをする必要があるんですか?」

「あなたは四谷でスナックをはじめたものの、うまくいかなかった。借金の返済のために、奥さんの佐和子さんはホテトル嬢になって金を稼いでいた。夫のために少しでも役にたちたいという気持ちからでしょう。ところが、奥さんが不慮《ふりょ》の事故にあった。しかし、奥さんには保険がかけてあった。五千万円があなたの手に入った……」

私は、永沼を見つめたまま続けた。

「ところが、あなたには愛人がいた。それが、吉野敏恵さんだったのです。いや、奥さんが亡くなってから交際しはじめたのかもしれない。どっちにしろ、奥さんの保険金で愛人との新しい生活に入ったことは間違いないのですからねえ」

永沼は口を開きかけたが、すぐに思いとどまったように口をつぐんだ。

「私がわからないのは、なぜ、あんな交通事故を偽装してまで、敏恵さんを死んだことにしなければならなかったのか、そこがわからないのですよ」

私は永沼を見つめた。しばらく経って、

「あなたの言っていることがわかりません」

と、永沼が言った。

「このお店、奥さんの保険金ではじめたのでしょう?」

私はぶしつけな質問を続けた。

「それがどうかしましたか。私は佐和子を愛していた。佐和子だって私を愛していたんです。だから、こういう形で保険金を使っても彼女は本望《ほんもう》なはずですよ」

「ずいぶん勝手な理屈ですねえ」

「あなたには関係ありません」

「佐和子さんは、あなたのためにホテトル嬢になってお金を稼いでいたんでしょ。それなのに、死んで半年も経たないうちに他の女性と親しくなるなんて、どういうことですかねえ」

「私は、佐和子の遺骨を引き取って、こっちの墓に入れていますよ」

佐和子の遺骨は、故郷福島の実家に帰ったが、最近になって、永沼が遺骨を受け取ったというのであった。妹がホテトル嬢をしていたことがみっともないと怒って、兄はやっかい払いをするように引き渡したと、永沼は言った。

「まあ、あなたが誰と結婚しようと私の知ったことじゃありません。しかし、交通事故を偽装し、敏恵さんの両親を欺《あざむ》いたことは許せません。母親がどんなに心痛しているか。あなたにもわかるでしょ」

私は永沼を責めた。

しかし、永沼は唇をかんで口を閉ざしていた。

これ以上、ねばっても口を開かないと、私は思った。私は自宅の住所と電話番号を書いたメモを永沼に渡して言った。

「敏恵さんとよく相談して真相を語る気持ちになったら、ここに連絡ください」

私は奥に聞こえるほどの大声を出した。

店を出る時、奥からじっと私を見つめる視線を感じていた。

6

数日後、秋田県能代市から、敏恵の兄が上京した。中学校の教師をしている長兄である。四十前後の実直そうな男だった。

「母がお世話になりました」

兄は深々と頭をさげてから、

「その後、敏恵のことについて、何かわかりましたでしょうか?」

と、きいた。

敏恵の母親は毎日、仏壇に向かって涙を流しているということであった。

敏恵さんは生きていますよ、と喉《のど》まで出かかったが、言葉を呑んだ。死んだことにまでして身を隠そうとしたからには、敏恵に何か深い理由があるのだろう。それを知らないうちは、まだ何も言うべきではない、と思いとどまった。

「敏恵は厳しい環境で育てられましたから、かえって東京で暮らすことが心配だったんですよ。いままでおさえつけられていたものから解放されて……」

兄は妹の東京での暮らしぶりが気になっているようであった。

「私も大学生活を入れて十年近く、東京に住んでいたことがありますが、敏恵のような娘が一歩足を踏み外すと、とんでもない方に流されてしまうような気がしていたんですよ」

その兄の心配は当たっているとも言えた。

「今年の正月、帰ってきた時、敏恵の化粧が濃くなっていることが気になりましてねえ。本人はデザイナーになりたいと言っていたんですが……」

敏恵は高校を卒業と同時に上京、デザイン学校に入ったが途中で挫折《ざせつ》し、水商売の道に入ってしまったのだ。そのことを兄はうすうすと感づいていたようだった。

敏恵の兄を車で上野まで送って帰ってくると、すずめ姐さんがマンションの前で待っていた。

「これ見てよ」

と、すずめ姐さんは私の顔を見るなり言った。すずめ姐さんは私に便箋《びんせん》を見せた。

「こんな所じゃ、落ち着いて話ができない」

と、私はすずめ姐さんを部屋に招じ、改めて便箋を見た。

「お師匠さんの家に届いた敏恵ちゃんからの手紙。ほら、十万円を返した時の……」

それから、すずめ姐さんは和紙の帳面を取り出し、

「これ、敏恵ちゃんがお師匠さんの家にいるときに、小唄の文句を書いたもの」

と、言って私の顔を見つめた。

「字が違うでしょ？」

私はあっと言って、すずめ姐さんの顔を見つめた。

「十万円を返したのは敏恵ちゃんじゃなかったのよ」

すずめ姐さんは興奮して言った。

私はこの事件をもう一度、ふり返った。

あの交通事故は永沼という男の偽装に違いない。警察に通報したのは男の声だというから永沼だろう。それから、秋田の敏恵の実家に連絡したのは女の声だったという。もし、

敏恵自身だったら母親は気づくはずだ。

ということは、もうひとり女が存在していたことになる。

私は永沼宛《あて》に手紙を書いた。今回の偽装交通事故の真相を、私なりに推理した内容であった。

永沼から返事が届いたのは、一週間後であった。来週、東京に出かけるとあった。

私のマンションに永沼がやってきたのは隅田川花火大会の日だった。その後ろに、若い女がいた。敏恵ではなかった。永沼と女は青ざめた顔で、座布団の上に腰を下ろした。スミが踊りの稽古で外出しているため、すずめ姐さんがブランデーとグラスをテーブルにそろえた。

「さあ、どうぞ」

と、すずめ姐さんが言った。

「きょうは、全てお話しするつもりです」

永沼が言った。すずめ姐さんが私の横に腰を下ろすと、永沼が口を開いた。

「遠野さんの推理のとおりです。これは妻の佐和子です」

「やっぱり、そうだったのですね」

私は佐和子の顔を見て言った。

「去年の暮れ、バイトに応募してきたのが敏恵さんです。なんでも向島にいたそうですが、もっと金をためたいと言ってました。スナックのバイトをやりながらホテトル嬢もしていたんです。外国へ行ってデザインの勉強がしたい。その資金を稼ぐためだと言ってました。ただ、万が一、両親に知れると困るので、名前を貸して欲しいという頼みでねえ。佐和子も美容師を志して東京に出てきて、私と出会い、人生が変わりましたが、敏恵さんの気持ちがよく理解できたんですねえ。佐和子は頼みを聞いてやったのですよ。つまり、敏恵さんはホテトルの事務所には佐和子の名前を使っていたんです」

永沼は、ふうとため息をついてから続けた。

「あの事故はまったく思いがけないことでした。ホテトルの事務所に登録した名前から、警察は私のところに連絡してきたのです。その時、保険金のことが頭をかすめたのです。このまま佐和子が死んだことにすれば、保険金が手に入る。そう思い、警察で死体確認の時、妻に間違いない、とはっきり言ってしまったのです。福島からは誰も来ませんでした。仲違《なかたが》いの兄妹でしたからね」

永沼が言葉を切ると、佐和子が口をはさんだ。

「保険のことだけじゃないんです。もし、死んだのが敏恵さんだと言ったら、敏恵さんのご両親にも敏恵さんがホテトル嬢をしていたことがばれてしまいます。敏恵さんの父親は、教育者です。その娘が東京でホテトル嬢をしていてラブホテルで死んだということは、地方では醜聞《しゅうぶん》です。だから、そのことを隠してやりたかったのです。私は、実家を追われたも同然ですから構わなかったのです」

　佐和子がふいに顔をあげ、

「敏恵さんの遺骨は私たちが供養しています。でも、ご両親にお返ししなければ、敏恵さんが可哀《かわい》そうだと思うようになりました。それにこのままでは、敏恵さんは蒸発したままになってしまいます」

　佐和子は言葉を詰まらせた。すぐに、永沼が代わった。

「いつまでもこうしているわけにはいかないと思いました。敏恵さんのご両親に遺骨をお返ししなければならない、と思うようになったのです。しかし、事情を話すわけにはいきません。それで、あのような交通事故を偽装したのです。それからしばらく経ってから、敏恵さんのお母さんに電話して、敏恵さんが交通事故に遭ったらしいと伝えたのです」

「十万円を返したのは、あなただったのですね？」

「死んだ敏恵さんの不義理はすべて清算しようとしたのです」

　私は永沼をじっと見つめ、

「しかし、あの事故では被害者の遺体は発見されないでしょう。どうやって、敏恵さんの遺骨を返すつもりだったのですか？」

「私の知り合いが敏恵さんをひき殺したと偽《いつわ》って、なんとか返すつもりでした」

佐和子は目頭《めがしら》を押さえて言った。

「これから、警察に行って何もかも話してきます」

しばらく経ってから、永沼が言った。

「ちょっと、待ちなさいな」

突然、スミが隣の部屋から口を出した。いつの間にか、踊りの稽古から帰っていたようであった。

「今のお話、聞かせてもらいましたがねえ。わたしゃ、反対だねえ」

と、スミは私の横に腰をおろして言った。

「あなた方のとるべき道はいくつかあると思うの」

永沼と佐和子は不審な顔つきでスミを見つめた。

「まず、一つは警察に行って全てを告白すること。そうすれば、佐和子さんの戸籍も復活できるでしょう。でも、あなた方は保険金詐取《さしゅ》に問われますよ。そして、敏恵さんの死んだ真相が世間にわかってしまいます」

「…………」

「もう一つは、最初の計画どおり進めることですねえ。わたしだったらそうしますねえ」

と、言ってスミは私に笑いかけた。

その時、窓の外がパッと明るくなり、大きな音がした。

「あら、花火があがったわ」

すずめ姐さんが窓の外を指差して言った。

「さあ、ベランダに出て花火見物といきましょ。いやなことなんて忘れてさ」

スミの明るい声が聞こえた。

向島《むこうじま》心中

1

「この花はなんでしょう」

いきなり私の耳元で女の声がした。横を向くと、和服姿の三十過ぎの女が、傍《そば》に立っていた。

「オシロイバナです」

私は答えた。別に私が花の種類に詳しいわけではなく、木札に名前が書いてあったのだ。女の位置からは見えなかったようだ。

私は答えてから、あらためてその女を見た。花の姿にも負けない艶《つや》やかさがあった。目鼻だちのはっきりした顔である。

「花を見ていると、悩んでいることが消えそうですわね」

女がつぶやくように言った。私の心の中を覗《のぞ》いたような言いかただったので、思わずもう一度女の顔を見た。すると、女は花を見つめたまま、

「でも、花の命が短いのは、鑑賞する人の心に吸い取られてしまうからでしょうか」

と言ってから、私の方に顔を向けた。切れ長の目にじっと見つめられ、私はどぎまぎし

た。

私が向島百花園《ひゃっかえん》に足を向けたのは偶然だった。たまたま社用で浅草まで来たついでに、子供の頃住んでいた町を見たくなって、つい隅田川を渡ってしまったのである。小さい頃、よく遊んだ長命寺《ちょうめいじ》の境内《けいだい》までぶらぶら歩き、ついでだからと百花園まで足を延ばしたのである。私の仕事は営業で、毎日外を歩きまわっていた。

向島は江戸時代以来、文人墨客《ぼっかく》が好んで訪れた地であり、百花園もそういった人々の手によって造られた庭園だった。

入園して、おばな、おみなえし、桔梗《ききょう》、なでしこなど、秋の七草に目をやり、ゆっくり園内を歩いて、ふと、この場所でたたずんでいる時、声をかけられたのであった。その女もひとりのようだった。

園内は四時を過ぎ、人は少なかった。三、四人の中年の女性グループや、ひとりで写真を撮っている若い男など、疎《まば》らであった。

空はどんよりとして、人の姿がまわりに見えないので、まるで野原に二人だけでいるような錯覚がした。この女もひとりで、人恋しいのだろうか、なんとはなしに一緒に歩き出した。

「ここにはよくいらっしゃるのですか？」

私はきいた。

「いいえ、十年ぶりでしょうか」

女は答えた。

「お茶会で来たことがあるだけです」

園内に御成座敷《おなり》という集会室があって、よくお茶会や句会に利用されている。

「よくいらっしゃいますの？」

こんどは、彼女がきいた。私はいいえと答えてから、

「正月に七福神めぐりで寄るだけです」

「まあ、私はまだ回ったことがありません」

「そうですか。ほら、あそこに祠《ほこら》が見えるでしょう？」

と私は隣に見える小さな祠を指さした。

「あそこに御参りするんですよ。正月はここに御参りの順番を待つ人々で長い列ができるんですよ」

江戸時代から谷中《やなか》の七福神と向島の隅田川七福神が有名だった。

「七福神、言えますか？」

私がきくと、女は、

「恵比須さま、大黒《だいこく》さま、弁天《べんてん》さま……。あとはなんだったかしら」

「毘沙門天《びしゃもんてん》、寿老人《じゅろうじん》、布袋《ほてい》、福禄寿《ふくろくじゅ》です。ここは、福禄寿ですよ」

私が言うと、女は祠に向かって軽く手を合わせた。私たちは肩を並べながら、ぶらぶら散策した。

「あら、萩《はぎ》のトンネルですわ」

小池の石橋を渡ると、女が言った。

「ここを通りましょう」

女は、昔からの知り合いのように気楽に口をきいた。私も満更《まんざら》でもなかった。萩のトンネルは全長三十メートルの萩で覆《おお》われた道だった。私は女の後について中に入った。

白や紫の花のトンネルは、途中で少し曲がっており、出口は見通せなかった。それがどこまでも続く長いトンネルのような気がした。一歩足を踏み入れた瞬間、私はふと足を止めた。女も足を止め、怪訝《けげん》そうに私をふり返った。美しい顔だった。

私の胸の動悸《どうき》が急に激しくなったのである。この女と萩のトンネルを抜けることに何か特別な意味があるような気がしたのだ。それは禁断の場所に向かうような脅《おび》えだった。

背後で人の声がした。中年女性のグループが現れた。それに、押されたように、私は歩きはじめた。女の手が私の手の甲に触れた。冷たい手だった。トンネルを抜けた時、ちょうど園内に音楽が流れ出した。時計を見ると、五時になるところだった。

「もう閉園時間のようですね」

私は、なぜかほっとして言った。

二人は出口に向かった。門を出たところで、

「あなたはどうやって帰られるのですか？」

「玉ノ井《たまのい》の駅から電車に乗ります」

「そうですか。じゃあ、私もそうしましょう」

二人は百花園の塀に沿って、東武線の駅に向かった。

「何をお考えでしたか？」

明治通りの横断歩道で信号待ちの時、ふいに、女が言った。えっ、と私は聞き返した。

「さっき、オシロイバナのところで、です」

女はいたずらっぽく笑った。

「とても、深刻そうな顔をしていた」

「そうですか。そう見えましたか」

私は頭に手をやって答えた。

「実は、ちょっと面白くないことがありましてね。心が騒いでいたんです。それで、花でも見れば心が安らぐだろうと思っていたんですが……。結局、花を見ず、心は残っていたんですね」

「面白くないことって、なんですか?」

「まあ、面白くないことです」

会社のごたごたを話しても仕方ないことだった。仕事がつまらなくなると、妻にも当たるようになり、家にいても心がざらつく。これまで、自分は会社のために懸命に働いてきたつもりだった。しかし、会社の方針が変わったというだけで、自分のやってきたことが無になるというのは、納得がいかなかった。人事異動で、同期の連中が課長になったのに、私だけが主任のままだったことで、妻は肩身がせまいと言った。社宅に住んでいるので、こういうことになると、始末が悪かった。

「また、面白くないことを考えているのですね?」

女が言った。私は苦笑いをして、

「それを忘れるために、きたんですからね」

信号が青になって、横断歩道を渡った。目の前に、東武鉄道の高架のコンクリートが見えた。

「私は小さいころ、向島に住んでいたんですよ。路地裏の長屋で生まれたのです。家が増え、美容院ができたりして、街並みは変わりましたが、細い曲がりくねった道は昔とちっとも変わっていない。路地の形は同じなんです。私の生まれた家の跡は駐車場になっていましたが、昔と同じ風景を見ると落ち着きます。だから、学生時代から、落ち込んだ時なんかよくひとりで歩いたもんですよ」

私はいつの間にか饒舌《じょうぜつ》になっていた。駅が近付き別れがたくなっていたのだ。歩みも遅くなった。

駅に着いた。私は思い切って、

「もし、よろしかったらお茶でもいかがですか?」

と口に出した。女は腕時計に目をやってから細い眉《まゆ》を心持ちひそめ、

「申し訳ありません。きょうは早く帰らなければいけないので」

と答えた。せめて、三十分でも、とは言い出せなかった。

改札を入り、ホームの階段の前で、

「お別れですね」

喉《のど》に詰まったような声を出した。

私は浅草まで、女は反対方向だと言った。

私が軽く頭をさげて、別れようとした時、女が、

「今度の土曜日、二時にまた百花園に行きます」

と言い残して踵《きびす》を返し、階段をあがっていった。その瞬間、萩のトンネルで感じた興奮が再び蘇《よみがえ》った。

2

会社の机に向かっていても、ふいに書類の上に向島で会った女の姿が浮かんだ。あの女はどのような生活をしているのだろうか。大人《おとな》の女の匂いがした。ひょっとして、二号さんかもしれない。あるいは芸者なのかもしれない。向島の花柳界《かりゅうかい》に近かった。私は勝手な想像を楽しんだ。

土曜日、妻の苛立《いらだ》った顔を残して、私は社宅を出た。

向島百花園についたのは二時十五分前だった。

女はまだ来ていなかった。私は一人でぶらぶらした。きょうは人出があった。一回りして、オシロイバナの場所に戻ったが、まだ女の姿はなかった。二時ちょっと前だった。来

るだろうか。私は落ち着かなかった。

ふと、彼女はこの花の名前をはじめから知っていたのではないかと思った。何気なく、入り口に目をやると、萩の花が揺れたような雰囲気で、女が現れた。きょうは、薄紫の和服であった。

女は、私が待っているのが、さも当然のようにゆっくり歩いてきた。

「お待ちになりました?」

女は余裕のある声を出した。私は女が、より一層艶っぽくなっているような気がした。

「きょうは人が多いようですわね」

若いカップルと擦《す》れ違ってから、女が言った。どこにでも、人の姿があった。

「出ませんか?」

私は誘った。女は軽くうなずいた。が、すぐその後で、

「萩のトンネルを抜けていきましょう」

と、女は子供っぽく言った。しかし、私には萩のトンネルが踏み越えてはならない世界の入り口のような気がした。

女は私のそんな思いと無関係にトンネルに向かった。トンネルの前で、女は立ち止まって私の方を向いた。覚悟はできているか、とその目は言っているようだった。

トンネルの途中で、私は女の手をとった。女はふりほどこうとはしなかった。柔らかい感触が全身に伝わった。

二人が男女の関係になったのは三度目の逢瀬《おうせ》の時だった。

向島の料亭街近くのホテルに誘うと、女は黙ってついてきた。古めかしいホテルだったが、かえって二人には似合っているような気がした。

女は、部屋に入ると急に寡黙《かもく》になった。私はその固く閉じた唇《くちびる》に、自分の唇をおし当てていった。

女の体は二十代のように弾力にとみ、白い肌は淡い明かりの中で浮かび上がっていた。

激しく燃えた後、その余韻《よいん》の中で私は女の髪をまさぐりながら言った。

「名前をまだ聞いていなかったね?」

女はうっとりとした目で、一瞬考えてから、

「名前……?　名前は、桔梗」

と言った。

「ききょう?」

私はとっさに嘘《うそ》だと思った。おそらく、秋の七草から浮かんだ名前だろう。しかし、私

はそれでいいと思った。女の生活にまで踏み込む必要はない。私にも家庭がある。見合い結婚だが、十五年近く連れ添った妻がいるし、十歳と八歳の子供がいる。この女にも生活がある。それは言葉を交《か》わさなくとも、お互いが承知していることだった。

「私のこと、もっと聞かないの？」

女は私の裸の胸をさすりながら言った。

「聞いてもいいのか？」

女はこくりとうなずいた。

「やめておこう」

私は女の唇を指で押さえた。

「何も聞かなくたっていい。二人が燃えればいいんだ」

私はそう言って、彼女の腰に手を回し、再び強く抱き寄せた。

3

一度、彼女と別れた後、尾行したことがあった。タクシーは東墨田《ひがしすみだ》に着いた。女は意外と近い場所に住んでいた。私はタクシーをおり、女の後を尾《つ》けたが、路地を曲がったところで見失ってしまった。すぐ目の前が、Sマンションの十階建ての小綺麗《こぎれい》な建物だった。ひょっとして、女はこのマンションに住んでいるのかもしれない。しかし、私はこれ以上、探すのをやめようと思った。

以来、一カ月に一度のわりあいで会った。待ち合わせは必ず百花園であった。それは彼女の希望であった。そして、きまって萩のトンネルを抜けた。それが現実から甘美な世界へのかけ橋であった。

そんな関係が半年続いた。

実際、彼女は素晴らしかった。やさしい心配りや控え目な仕種《しぐさ》が私を夢中にさせた。

彼女との関係が味気ない生活に張りを与えた。が、それも半年過ぎるころから、新たな苦しみを生んだ。彼女を愛しはじめていたのだ。愛しはじめたと気づいた時から、現実の生活が急に色あせて見えた。すべて虚《むな》しくつまらないものに思えた。会社にいる時も家庭にいる時も、無意味な時間を費《つい》やしているような気がした。

女の方にも微妙な変化が現れた。私の家庭のことを聞くようになったのだ。妻はどんな人なのか、子供は可愛《かわい》いか。

初めて萩のトンネルを抜ける時に感じた、あの胸騒ぎ。あれが現実になったことを知った。

「毎日会っていたい」

ある夜、とうとう女が言った。それは、私も同じであった。なろうことなら、全てを放り出し、この女と一緒になってもいいとさえ思った。

それから、女は突然私の会社に電話をしてきて、今夜会いたいと言うようになった。私は同僚の不審げな視線に負《お》い目《め》を感じながら、電話口の彼女の声を聞いていた。

ある時、ホテルの玄関を出て、隅田堤の下の道を歩いているとき、カップルと擦れ違った。その時、カップルの女の方がいやに私を見ていた。しばらく遠ざかった後で振り向くと、向こうもこちらを見ていた。その瞬間、あっと私は声を出した。近所の主婦だった。隣にいたのは見知らぬ男だ。

「どうしたの？」

女がきいた。私は震える声で、

「近所の奥さんに会った。いまのカップルがそうだ」

まあ、と女も悲鳴のような声をあげた。出会った場所は言い訳のできない場所だった。

「でも、向こうだって浮気しているんでしょう？」

それが唯一の救いであった。あの主婦も夫以外の、それも若い男とホテルに入っていったのだ。それにしても、偶然というのは、恐ろしいと思った。まさか、近所の主婦がこんな方にまで足を延ばすとは思ってもみなかった。

それから半月後のことだった。その頃には、私たちは週に一度の逢瀬でもの足りなくなっていた。いつものように、女とひと時を過ごして帰宅した夜、電気も点《つ》けない部屋の真ん中に妻が座っていた。

暗がりにぼっと浮かぶ妻の背中を見た時、心臓が高鳴った。ホテルを出たところで会った主婦の顔を思い出した。とうとう妻に気づかれたと思った。しかし、最後までとぼけるつもりだった。私が蛍光灯を点けると、目をつりあげ、さんざん悔《くや》し涙を流したらしい顔が現れた。

妻は座ったままで、立っている私をにらみつけた。私が目をそらすと、いきなり本を投げつけた。本が私の脚に当たった。

「何するんだ！」

私は低い声で怒鳴《どな》った。

「女と会ってきたのでしょう！」

妻はヒステリックに叫んだ。

「女？　女って何だ？」

「ふん、とぼけたってだめなのよ！」

「よさないか。何を言っているんだ。大きな声を出したら子供が目をさます」

私は叱った。妻は髪を振り乱し、恐ろしい形相《ぎょうそう》であった。私はパジャマに着替えるとさっさと布団の中にはいった。

妻が枕もとに詰め寄って、

「どこの女なの。相手の女は何者なの？」

しつこく問い詰めた。

「ちゃんと、知っているんですからね。とぼけたってだめ。どうも前々から様子がおかしいと思っていたわ」

私は布団を頭からかぶり、無視した。しかし、心の中では狼狽《ろうばい》していた。

翌朝、妻は口をきかなかった。子供たちの私を見る目もなんとなく違う。

私は朝食もそこそこに家を出た。朝日がまぶしく私の目に入った。彼女と会う日が待ち遠しかった。

妻のヒステリックな顔を見ることは我慢がならなかった。

余計にあの女との逢瀬に燃えた。私自身、この先どうなるのか分からなかった。ただ、言えることは、あの女と別れるくらいなら死んだほうがましだということだった。

その日、女は約束の時間を過ぎても現れなかった。不安が私を襲った。やっと現れたのは三十分経った後だった。向島百花園に小走りで現れた女の顔は青ざめていた。思いつめたような目だった。

「ごめんなさい。なかなか出られなかったものですから」

「どうした？」

私は気になってきいた。しかし、女は答えず、萩のトンネルに向かって急いだ。

私は、とうとう彼女の方も差し迫った事態になったことを知った。その頃には、彼女が人妻であることに気づいていた。子供もいるかも知れない。だから、彼女は自由な時間もとれないのだ。彼女も夫に疑われだしたのに違いない。

その日の彼女は、寡黙《かもく》だった。が、ベッドでは激しく声を発した。まるで、燃えることで何かから逃れようとする、そんな積極性があった。

「私を連れて逃げて！」

情事の後で、女が言った。目尻に涙がにじんでいた。私はそんな彼女がいとおしかった。私は思い切って言った。

「二人でどこかへ行って暮らそう」

「うれしいわ」

再び、女は私にしがみついてきた。妻からどんなに責められようが、世間からどんな非難を浴《あ》びようが、私はかまわないと思った。ただ、子供たちのことが気がかりだった。

数日後、私は会社で部長に呼ばれた。

「プライベートなことをとやかく言うつもりはないが、家庭にトラブルがあるようだね。最近の仕事ぶりを見ると、君は集中力に欠けている。早く解決しないと、君のためにならないよ。女とは早く手を切ることだ」

噂《うわさ》は社内にまで流れていた。同僚の目が、皆好奇に満ち、蔑《さげす》んでいるように思えた。近所の主婦に見られたことで、噂となって広まったのだろう。それにしても、自分のことは棚に上げ、他人の秘密を洩《も》らすとはひどい女だと、私は腹がたった。

4

「一緒に死んで！」

女がそう言った時、不思議に私の心は騒がなかった。彼女とどこか別な場所に逃げて暮らしても、必ず、過去に引き摺《ず》られるだろうと思っていた。子供を思い、妻にすまないと思い、そんな良心の呵責《かしやく》に耐えられるほどの図太い神経は持ち合わせていなかった。こうなったら、死ぬことしか他に道がないような気がした。いや、はじめから二人は死ぬために巡りあったような気がした。萩のトンネルを初めて抜けた時の不安は、きっとこのことだったのかもしれない。

彼女は私の裸の胸に顔を埋めながら泣いた。

「あなたと、もっと早く巡りあっていたら……」

彼女は言った。

「最期に、君の本当の名前が知りたい。どんな生活をしてきたのか教えて欲しい」

しかし、女は首をふった。

「私は自分の生活を捨ててあなたと会っているの。あなたの作った桔梗という名の女のイメージのまま、あなたと一緒になりたいの」

私は女の素性《すじょう》を知らなかった。また、それでいいと思っていた。ただ、女が真剣に愛してくれているということだけで十分であった。

女は起き上がると、裸の体の上から浴衣《ゆかた》を羽織り、ハンドバッグから瓶《びん》を取り出した。

睡眠薬だった。

私はその瓶を見た瞬間、妻の顔が浮かび、子供の顔が浮かんだ。私が死んだら妻は嘆き悲しむだろうか。子供はどうだろうか。いや、妻も子供たちも泣き叫ぶに決まっている。

薄暗い明かりの下で、女が手紙を書いていた。遺書だと言った。女はその遺書を見せようとはしなかった。その中に、彼女の生活が書かれているのだ。私もせめて、妻にはすまないと一言書き残しておこうと思った。

こんな形で夫に死なれた妻の今後を考えると、私は妻が哀《あわ》れになった。

〔こんなことになって、すまない。子供たちと幸せにくらして下さい〕

結局、そう書いただけだった。

遺書を別々の封筒に入れ、テーブルの上に並べた。

女が悲しげな目で私を見ていた。私は手を伸ばし、彼女の手をとった。女も強く握りかえしてきた。

握りあった手のそばに、睡眠薬の瓶があった。

夜の九時になるところだった。彼女と知り合った一年前のことが思い出された。

私たちはどちらからともなく立ち上がり、再びベッドに向かった。嵐のような行為は深い興奮を与えた。官能にむせびなく女は目尻から涙を流していた。その涙が、官能の喜びなのか、死を控えたせいなのか、よくわからなかった。

行為の後、女は風呂に入り、それから入念に化粧をした。私も身を清めるように体を洗った。

私が風呂から上がると、睡眠薬の錠剤がテーブルの半紙の上に用意されていた。女が先に錠剤を飲んだ。私も半紙の錠剤を掌《てのひら》に移し、思い切って口に頬《ほお》ばった。目の端に、遺書を入れた封筒が目についた。

私たちはベッドに並んで横になった。

明日の騒ぎが想像された。妻や子供の顔が浮かんだ。ふと、女の手が私の手をつかんだ。私が横にいることを確かめるように強く握ってきた。

「ありがとう。あなたと会えてうれしかったわ」

女が言った。落ち着いた声だった。

やがて、瞼《まぶた》が重くなってきた。


車の騒音。人の声を遠くで聞いた。もう私たちは発見されてしまったのだろうか。私は夢うつつに思った。

体ががくっとして目が醒めた。部屋の中は静かだった。人の話し声は外だった。生きている。私は死ねなかったのか。その瞬間、はっと気づき横を見た。そこに女の姿はなく、白いシーツが虚しく目に飛び込んだ。

女はどうしたのだろう、と思いながら半身を起こした。頭が割れるように痛い。テーブルには遺書を入れた封筒が二つ並んでいた。

耳をすましたが女のいる気配はなかった。事態が飲み込めない。急激に不安が押し寄せた。考えられることは、彼女の夫が駈けつけ、彼女だけを抱えて連れて行ったということだ。

私は急いでベッドから下りると、テーブルの上の女の残した遺書を手に取った。

遺書を読んであっと声をあげた。

〔あなたを真剣に愛していました。ほんとうに楽しい日々が送れました。きょうであなたに愛された私はあなたと一緒に死にます。桔梗〕

遺書を持つ手が震えた。おそらく、私が飲んだのは微量の睡眠薬と他の薬の錠剤をまぜたものだろう。

私は急いで着替え、階下に行った。フロントできくと、

「その方なら、夜中の二時頃帰られましたよ。連れは朝までぐっすり眠っているからと言って……」

初老の女性が答えた。

5

それから、一カ月が経った。

妻は最近の私の行動から女と別れたことを悟ったようだった。しかし、その後遺症は残っている。

私は、かつて女の後を尾けて一度タクシーを下りたことのある辺《あた》りに行ってみた。家内工業や零細《れいさい》企業が固まっていた。プレス加工業や部品加工などの工場があった。

私はその曲がりくねった道を歩きまわった。初冬の風が顔に当たる。

平屋の古い工場の前に来たとき、心臓が止まるかと思った。目の前の工場から出てきた女が桔梗だったからだ。その女は金属片《へん》を木箱に入れて両手で運んでいたのだ。頬が油で汚れていた。それこそ油まみれで働いている。その女の後から、私くらいの年代の男が同じように木箱を抱えて出てきた。小肥《こぶと》りの男だった。ライトバンに運んでいた。私は電柱の陰に身を寄せた。

私の横をランドセルを背負った子供が女の方に向かって走っていった。女の腰にしがみついて、子供は何ごとか言った。それから男の方に近寄っていった。男が白い歯を見せ、ポケットからお金を出して子供に与えた。どうやら、学校から帰って来た女の子が小遣いをねだったらしい。すると、あの男が父親、つまり、あの女の夫ということになる。

いかにも、働き者で誠実な感じだった。朝早くから夜遅くまで働いている男といった感じだった。

私はあの女の人生を想像した。結婚して十年くらいだろうか。夫と共に毎日夜遅くまで働き、それなりに工場は大きくなり、子供も手を離れるようになった。しかし、実直な夫は相変わらず、仕事一筋であった。

ふと、三十代に入った女に忍び寄る焦りと不安。このままの人生、これでいいのか、と。それは、家庭が平和であればあるほど、女にとって切実に迫ってきたのだ。

それは一種の逃避かもしれない。女は昔を思い出し、和服を着て向島百花園に出掛けた。あるいは、彼女が初恋の男性とデートをした場所が百花園だったのかもしれない。和服で自分を装《よそお》い、花を愛《め》でることで、女はつかの間、現実から逃れようとしたのに違いない。

しかし、そこで私と出会った。自分の人生に疲れたような男がいた。女ははじめは単に浮気のつもりだったかもしれない。しかし、二人は愛し合うようになった。

この一年間、女は二つの人生を同時に歩んできたのだ。一つは、誠実で働き者の夫と可愛い子供に囲まれた下町の主婦であり、もう一つの人生が、和服を着て、私と愛し合った桔梗という女である。その分岐点が向島百花園であり萩のトンネルであった。

しかし、そんな関係はいつしか夫に知れることになる。平和だった家庭は一変して暗くなった。女は家庭を捨てることができなかった。自分を愛してくれている夫や子供を悲嘆《ひたん》の底におもいやることはできなかった。さりとて、私を愛しはじめていたのは事実だった。その二つが相剋《そうこく》した。結局、家庭を選んだのだ。

しかし、女の中には桔梗という女が生きている。この桔梗が生きている限り、女はまた苦しむだけだろう。桔梗を愛する男と心中させる。それで、女は私との関係にけじめをつけようとしたのだ。

私はそっと電柱の陰から離れ、元の道を戻った。大通りに向かって歩きはじめると、後ろから車の音がした。立ち止まって振り返ると、さきほどのライトバンが走ってきた。助手席にいる女と目があった。女は一瞬、息を詰めたようだった。しかし、何ごともなかったように、運転している夫に話しかけた。

その表情には、桔梗という女の面影《おもかげ》は一かけらもなかった。夫の幸せそうな顔が私の目に飛び込んだ。

藤田《ふじた》プレス加工と書かれたライトバンは、大通りを勢いよく走って行った。

消えた女

1

結婚一周年の記念に、旅行したいと言い出したのは孝江《たかえ》だった。

「雪の中の合掌《がっしょう》造りの家でいろりを囲むなんて素敵だわ」

孝江は少女のように目を輝かせて言った。

私は新宿に本社のある大手電機メーカーの課長である。三十六歳で課長だから、早い出世と言っていいかもしれない。

孝江は得意先のOLで、三十に手の届く年齢だった。上司の紹介で見合いをし、気立てのよさにひかれて結婚したのであった。

彼女は平凡な女だった。今の私にはふさわしい女なのかもしれない。

私と孝江が飛騨《ひだ》白川郷《しらかわごう》の旅に出かけたのは、三月の初めであった。

列車が美濃関《みのせき》を過ぎた頃、時刻表の地図をながめていた孝江が、

「ねえ、この郡上八幡《ぐじょうはちまん》という駅に降りてみない？」

と、声をかけてきた。

「郡上八幡？」

私はふいをつかれて、車窓《しやそう》の風景から孝江の顔に視線を移した。

「どうして……？」

あわてて、私は言った。私もちょうど郡上八幡のことを考えていたからだ。いや、正確には高瀬亮子《たかせりようこ》のことを思っていたのだ。

「とても美しい名前でしょ。せっかくだから降りてみたいの。いいでしょう？」

孝江は大きな目を向けて言った。

「しかし……」

私は渋ったが、しいて反対することもできなかった。

山間《やまあい》をぬけると風景が開け、長良川《ながらがわ》にそって、やがて、郡上八幡に到着した。

暖房のきいた車内からホームに降りる。冷んやりした空気が火照《ほて》った顔に心地よかった。

「郡上踊りというものがあるのね」

駅舎の壁に貼《は》ってあるポスターを見て、孝江が言った。

「そう、七月、八月は踊り一色になるそうだよ。特にお盆の頃は夜明けまで踊り明かすそうだ」

「いらしたこと、あるの」

「うん、学生時代に……」

孝江がきいた。

私は小さく答えた。その瞬間、またも亮子のことが頭をかすめた。

八幡町は永禄二年(一五五九年)、遠藤盛数《えんどうもりかず》が町の中央にある八幡山に築城し、城下町として栄えた町である。その何代か後の城主が、領民の娯楽として盆踊りを奨励《しょうれい》したのが、郡上踊りのはじめという。

八幡城を見つめながら、孝江が今夜はここに泊まりたいと言った。

「白川郷まで行っちゃった方がいいんじゃないか?」

私は時計を見て言った。まだ、三時前だった。

「ねえ、いいでしょ。今夜、ここに泊まりましょ。私、気に入ったわ。この町」

孝江は甘えるように言った。

「君は合掌造りの民宿で、いろりを囲んで食事がしたかったのだろう?」

私はなおも言った。

「明日があるじゃない」

別に宿を予約してあるわけではなかった。この時期だから、どこも空《す》いているはずよ、と、孝江が言ったからだ。

彼女は案外とおおざっぱなところがあって、新婚旅行も、決まりのコースにこだわらず、予約なしで出かけたのである。

あまり反対するのも、変に思われるので、私はしかたなくうなずいた。

雪で白く覆《おお》われた山々を見上げながら、また亮子のことを思った。

亮子は私より二つ年下だったから、今年三十四になるはずだった。

その晩、城の近くの旅館に泊まった。

夕食の後、私は帳場でこの土地の地図を借りた。

亮子の実家も、八幡町だった。

亮子が故郷に帰ったのは、五年前である。それきり彼女とは会っていない。まだ、彼女はこの町にいるのだろうか。

「なにを調べているの？」

孝江が三面鏡の前で、湯上がりの髪をとかしながら、鏡の中の私に声をかけた。

「いや、なんでもない」

私は、心の中を見透《みす》かされたようで、あわてて地図を閉じた。

丹前《たんぜん》姿の孝江が、近づいてきて、私の顔を見つめた。

「どうした？」

私は彼女の顔をまじまじと見た。思いつめたような目をしていたからだ。孝江はじっと私の顔を見つめたままだった。

「どうしたというんだい？」

私は地図をテーブルに置いて言った。すると、孝江は私の前に座り込み、私の膝《ひざ》にしがみついて、悲しそうに言った。

「あなたは、好きな人のこと、まだ思っているわ。結婚した時から気づいていたのよ。あなたの心の中に誰かが棲《す》みついているって」

孝江は不思議な女であった。男っぽい面もあれば、繊細な神経を持ち合わせているようでもあった。

私はそっと手を伸ばし、彼女の髪をまさぐりながら、

「そんなことはない」

そう言って、私は彼女の体をひき寄せ、唇《くちびる》を重ねた。

翌朝、旅館を出ると、町を散策した。孝江が町の中を歩いてみたいと言ったからだ。

城下町らしいたたずまいの家並みが続く道を歩きながら、私は自然と亮子を探していた。あれから、彼女も別な土地に移ったかもしれない。それとも、この土地で所帯《しょたい》を持ち、幸福に暮らしているのだろうか。

「あら、お寺よ」

孝江が言った。古い山門があった。寺の前を通る時、何気なく境内《けいだい》に目をやった。母親らしい女性と小さな女の子がならんで本堂の前で手をあわせていた。

「私もお参りしてこようかしら」

孝江が言った。

私も境内に足を踏み入れた。その時、目の中にこちらをふり向いた母娘の姿が飛び込んだ。

私はその母親の顔を見て、息を吞《の》んだ。

（亮子……）

私は小さく叫んだ。間違いなかった。細い体つき。長い髪が短くなっていたが、小造りな色白の顔は亮子のものだった。

私はあわてて門の陰に隠れた。胸が激しく波打った。

私はそっと覗《のぞ》いた。亮子は気づかず、私の横を女の子の手をひきながら通り過ぎていった。女の子は四歳ぐらい。亮子に似た顔だちで、同じ色のオーバーを着ていた。

（そうか、彼女は結婚して母親になっていたのか……）

私は彼女の姿を見て安心したような、寂しいような複雑な思いがした。結婚して幸福に暮らしていて欲しい思いと、ひとりでいて欲しい気持ちが入り組んでいた。

私がその母娘の後ろ姿を見送っていると、いつの間にか、孝江が近づいてきて、

「ひょっとして、あの女性、あなたの好きな人だったんじゃありません？」

と、言った。私は驚いて孝江を見た。

「どうして？」

「あなたは、この町に寄ることを渋っていたでしょ。それなのに、この町に来ると、何かを探す目になっていたわ。私、ひょっとして、あなたの心に生きている人がこの町にいるんじゃないかと思ったの」

孝江は勘《かん》のいい女であった。

「ばかな。そんな偶然はありえないだろ」

私は笑いながら言った。

しかし、孝江は、

「そうかしら……」

と、意味ありげな声を出した。

「私、あの子の顔を見てびっくりしたわ」

そう言って、孝江は私を見つめた。

「あの子？」

「さっきの女性が連れていた女の子。あなたに似てるんですもの。目のあたりとか口もとが……」

孝江が言った。

「なに！」

私は、息が詰まりそうになった。

「悪い冗談はやめなさい」

しかし、私の声は震えていた。

2

三日間の旅行の予定を一日早め、帰京した。孝江が帰りたいと言ったからだ。行きは、あれほど楽しそうだった孝江も、帰りはほとんど口を閉ざしていた。

旅行から帰り、ふだんの生活に戻ったが、孝江の口数は少なかった。郡上八幡で会った女のことを気にしていることは、言葉の端々《はしばし》や態度でわかった。

そんな孝江の態度が、いやがうえにも私に亮子のことを思い出させた。そして、亮子が手をひいていた子供に思いは移った。

新宿までの通勤の間、思考はほとんどそのことで費やされた。会議中でもふと亮子の姿が蘇《よみがえ》ってくるのだった。

私が亮子とはじめて会ったのは、十六年前だった。

東京の大学に入って二年目の夏。私は一カ月かけて自転車旅行に出かけた。

私の実家は東北の農家だが、そう裕福ではなかった。だから、父が倒れた時、私は大学どころではなくなった。働いて父の入院費用も稼《かせ》がなくてはならなかった。

大学中退という肩書きが私の将来にどう影響を及ぼすか、私は前途《ぜんと》を暗い目で見ていたが、どうすることもできなかった。

走ることで、青春の苦さをはき出そうと、懸命にペダルをこいだ。汗がしたたり落ちる。山岳地帯の走行は辛《つら》かったが、若かったのだろう。一日何十キロ走っても、一晩寝れば、疲れはふっとんでいた。

新潟《にいがた》から日本海側を走り、富山《とやま》から南下し、高山《たかやま》から飛騨《ひだ》に向かったのは八月の終わりだった。

飛驒川が大きくうねって曲がり、高山本線と国道がおおきく交差するあたりにさしかかった時、そこで、ちょっとしたアクシデントがあった。前方を走っていたシルバーグレイの車が停車したので、私はその脇を追い越そうとした。その時、急に運転席のドアが開いたのでハンドルをとられ、転倒してしまった。

幸い、対向車がなかったからよかったが、あやういところだった。

運転していたのは、二十四、五の女性だった。サングラスをかけて赤い口紅が目立った。その女性が急いで私の方にかけてきて、

「ごめんなさい。まさか、自転車が走っているなんて思わなかったの……」

と、驚いた顔つきで言った。

女は倒れている私に手をさしのべた。私は女のやわらかい手をつかんで起き上がった。ブラウスの胸の膨《ふく》らみがまぶしかった。

ふと、車の方を見ると、三十前後の背の高い男が助手席から姿を現し、女を呼んだ。

「ほんとうにごめんなさいね」

女はそう言って、車の方に戻った。

車が発進して行った時、女はハンドルを操りながら頭を下げた。シルバーグレイの車は東京ナンバーだった。

再び、その車に出会ったのは郡上八幡に向かう途中だった。

ドライブインの駐車場から走り出すところだった。こんどは男が運転していた。

助手席の女は私に気づいて、軽く頭を下げた。

私は郡上八幡の町に入った。その町のスーパーでインスタントラーメンなどを買いあっているとき、背中をぽんと叩かれたのである。

驚いてふり返ると、先ほどの赤いブラウスの女性が白い歯をみせて立っていた。

「さっきはごめんなさいね」

と、その女が言った。あっと私は声をあげた。シルバーグレイの車に乗っていた女性だった。

「君、どこまで行くの？」

と、きさくに声をかけてきた。

「白川郷から金沢《かなざわ》に出て、能登《のと》半島を一周するつもりです」

「まあ、すごい！」

女の傍《そば》にいた浴衣《ゆかた》姿の若い女が声を出した。その時、はじめてその女性が連れだということがわかった。

「妹なの」

女が言った。それが亮子だった。ふっくらとした顔だちで、いかにも健康的だった。まだ高校生ぐらいに見えた。

スーパーを出てから、私は自転車にまたがった。

「じゃあ、道中、気をつけてね。もしかしたら、また会うかもしれないわね」

女が言った。そして、

「これ、後で食べなさい」

と、チョコレートと缶ジュースをくれた。私は遠慮したが、妹の亮子がいっしょになってすすめるので、ありがたく受け取った。

姉と妹は私の出発を見送ってくれた。途中、自転車を停め、ふり返ると、まだ妹の亮子は背を伸ばしながら、大きく手をふっていた。私も手をいっぱいにふった。

太陽がゆっくり傾き、涼しい風が吹いていた。私は飛驒街道をひた走った。白川村に入った時は、もう日が暮れていた。

両側に合掌造りの家が並んでいる。合掌造りの民宿の前に、シルバーグレイの車を見つけ、私は不思議な思いでその民宿に泊まった。かなり混みあっていたが、なんとかもぐり込むことはできた。

亮子と姉はおらず、助手席にいた男だけが泊まっているようだった。

男は私の顔を見て、びっくりしたようだった。郡上八幡で、連れの女性に会ったことを話すと、それまで固かった表情がゆるんだ。

夕食は、いろりの横に膳を長く連《つら》ねて料理が並んだ。若いグループもいれば、老人の一行もいた。

食事の後、学生のグループが独り旅の女性をしきりにトランプに誘っていた。女は迷惑そうにしていた。私にも声がかかったが、私は遠慮した。男と話したかったのだ。

「どうして、あの女性と別れたのですか?」

すると、男は苦笑しながら、

「あの町に彼女の実家があるのさ。結婚前に、男を家に入れたら、近所で何を言われるかわからないって言うんだ」

男は端整《たんせい》な顔だちで、着ているものも高そうだった。職業を尋ねると、男は東京のK病院の医師だと言った。女は看護師だという。

「ところで、君はずっとまわっているの?」

「はい。東京を出てから三週間過ぎました」

「いいねえ、学生さんは……。君の大学はどこ?」

男ははじめの印象と違って、饒舌《じょうぜつ》だった。女と別れ、寂しかったのかもしれない。

その夜、私は疲労困憊《こんぱい》のわりには神経が興奮してなかなか寝つかれなかった。ひさしぶりに布団《ふとん》で寝たせいもあるが、昼間会った亮子という少女の顔が閉じた瞼に浮かんでくるのだった。飛び上がるように懸命に手をふってくれた姿が目に焼きついていたのだ。

翌日、男は郡上八幡に戻り、私は金沢に向かった。

しかし、途中で私は思い直し、郡上八幡へと向きを変えた。亮子にもう一度会いたいという思いが強かったからだ。彼女と会ったスーパーの周辺を探したが、亮子の姿を見つけることはできなかった。

その夜、その町のユースホステルで一泊した。翌日は金沢に行くことを諦《あきら》め、とりあえず岐阜に向かった。

昼過ぎ、岐阜市内に近づいた時、クラクションを鳴らして追い抜いていく車があった。追い抜きざま、助手席のサングラスをかけた女が軽く会釈《えしやく》し、手をふっていた。

シルバーグレイの車はどんどんスピードを上げて行った。

私は追いつこうと懸命にペダルをこいだが、車はとうとう見えなくなった。

あの女に会って、妹の亮子のことを聞きたかったのだ。あの時、懸命にこいだペダルの脚こそ、私の青春の一瞬だったような気がする。

私の青春の思い出となる旅に、ふと翳《かげ》を持ち込んだのは刑事の来訪であった。

東京に帰って一週間後、刑事が二人、私のアパートにやってきたのだ。

高瀬清子《きよこ》が行方不明になったという。その時、はじめて女の名前を知った。連れの男は谷川悦男《たにがわえつお》といった。清子は飛騨高山のドライブ旅行から帰ってから行方を晦《くら》ましたらしい。

私はどうして、刑事が私のことを知ったのか、逆にきいた。すると、中年の刑事は、谷川悦男が大学の名前を覚えていたので、あとは大学に問い合わせて調べたのだと言った。

谷川は悲嘆《ひたん》にくれた様子で、清子という女を探しているらしい。

K病院で、看護師のミスで患者が死亡するという事件があった。それは新聞にも出ていたのだが、そのミスをした看護師というのが清子だった。彼女はアレルギー体質の手術患者に誤って麻酔を注射して殺してしまった。そのことで、病院は患者の家族から訴えられていた。

清子は精神的にかなり参っていたので、励《はげ》ますために谷川が旅行に誘ったらしい。

私は刑事には、岐阜市街で出会ったが、その後は会わなかったので、わからない、と答えた。刑事はすぐに帰った。どうやら刑事は谷川の供述の裏づけをとるためにまわっているようだった。

亮子とはそれきりだったが、ある出来事がまた、私を亮子に引き合わせたのだ。

それから、九年後のことになる。ある日、私は新聞を何気なく見ていて、目をむいた。

世田谷《せたがや》の谷川病院長宅全焼。院長夫妻焼死

この院長が、飛驒で会った谷川だと、わかったからだ。

世田谷の自宅が火事に遭い、妻とともに焼死したのである。睡眠薬を飲んで就寝中、消し忘れたガスストーブの火がカーテンに燃え移ったらしい。

私は多少なりとも関わりのあった人間の死ということにショックを受け、谷川夫妻の葬儀に出席した。そこで、私は亮子と再会した。

葬儀の日は朝から小雨が降っていた。私は参列者の中に喪服《もふく》姿の彼女を発見し、目を疑った。

あの時の丸顔の健康そうな美少女は、すっかり大人《おとな》の女に変身していた。私が声をかけると、切れ長の目でじっと私を見つめていた。記憶にないようだった。

「九年前、郡上八幡のスーパーで……」

私は夢中で彼女の記憶を揺さぶった。

「まあ、あの時の自転車の……」

彼女はぱっと顔を輝かせた。

葬儀の後、私は彼女と駅までいっしょに行き、駅前にあった喫茶店に誘った。

「谷川さんとは交際があったのですか?」

私はコーヒーに口をつけてからきいた。

「姉の恋人だったんです。谷川さんは……」

彼女は私を見つめた。私はだまってうなずいた。

「姉はドライブから帰ったあと、姿を晦ましたらしいんです。私、谷川さんといっしょに姉を探しました」

テーブルの一点に視線を落として、彼女が言った。

「お姉さんは、まだ……」

私はそっときいた。

「もう諦めてます。だって、あれから九年です。生きているなんて考えられません」

彼女は長い髪をかきわけて言った。私は思わず彼女から目をそらした。私の胸中に大きな痛みがひろがった。彼女にはどうしても言えない秘密を、私は持っていた。

通りに面した窓ガラスに、冷たい雨がしきりに打ちつけていた。

「母が二年前に亡くなりましたけど、母は姉のことばかり気にしていました」

彼女は遠くを見る目つきで言った。沈んだ声だった。私はため息をついた。

谷川と一緒に死んだ妻のふさ子は開業医の娘であった。

清子の失踪《しっそう》から一年後に、谷川はふさ子と結婚したらしい。

「しかたありません。姉が一年も行方不明だったのですもの。その間、谷川さんはできるだけのことはしてくれましたし……。前途有望な医師でしたから。早く、姉のことなんて忘れた方が……」

彼女は言葉を詰まらせた。

それにしても、谷川の死が私と亮子を引き合わせたのだと思うと、不思議な運命を感じないわけにはいかなかった。

互いの清子への思いが、急速に私と亮子を緊密にさせていった。

彼女を抱いたのは、その次に会った時だった。ホテルのベッドで、彼女は白い肌をピンク色に染めて、私の愛に応えた。まるで、彼女は何かから逃れようとしているかのように、激しく燃えた。

情事の後の気怠《けだる》い時間に身をゆだねている時、

「私、ときどき、夢を見るの。姉が冷たい土の下に埋められている夢を……」

と、彼女が天井に目を向けたまま言った。姉の失踪が深く彼女の内部に影を落としていると知って、私は痛ましい思いで彼女から目をそらした。

彼女は渋谷《しぶや》にある印刷会社で事務をしていた。仕事が地味なのだろうか、服装もいつも黒っぽい物が多かった。それもあまり上等な物ではなかった。それでも彼女は美しかったが、どこかはかなさがあった。手を離せば、彼女はそのまま消えてしまいそうだった。彼女は、池袋《いけぶくろ》にある狭い木造のアパートに住んでいた。私はその部屋に何度か泊まった。ある日、私はおそるおそる結婚したい、と口に出したことがあった。しかし、彼女は横を向いて何も言わなかった。寂しそうな横顔であった。その日が涙で濡れていたのを覚えている。

今思えば、彼女とは将来の夢を語ったことがない。彼女と会った後は、いつも全てを燃やしつくした燃え殻《がら》のような虚《むな》しさだけが残った。

彼女との別れがやってきたのは、二年近いつきあいの後であった。

「実は父が病気で臥《ふ》せってしまったんです」

と、暗い顔で彼女が言った。

東京のアパートを引き払い、故郷の郡上八幡に帰ったのは、彼女が二十九の時だった。

東京での最後の夜を私のアパートで過ごした。いつになく彼女は積極的であった。まるで、永遠の別れになることを予感していたかのようだった。

翌日、私は東京駅に彼女を見送った。それが、彼女との最後となった。

たった一度だけ、届いた手紙には、父が亡くなりました、と書いてあった。

あれから五年……。

あの頃、会社で大きなプロジェクトを任され、忙しいこともあったが、結局、私は彼女を追わなかった。

(あの女の子、あなたの子に間違いありません。女の私にはわかります)

孝江の声が蘇《よみがえ》る。

もし、彼女が妊娠していたなら、私はどんな事情があっても、彼女と結婚したはずだ。

それなのに、なぜ彼女は私の前に二度と現れなかったのだろうか。

3

飛騨の春は遅い。まだ、雪が山の頂《いただ》きを覆っていた。

私は大阪への出張の帰り、名古屋で降りて、郡上八幡に向かった。

亮子に会って確かめたかった。あの子供がほんとうに私の子供なのか気になったのだ。

空は青く澄み、やわらかい陽差《ひざ》しだが、頬《ほお》に当たる風は刺すように冷たかった。

私は先日、彼女を見かけた寺の近くにある煙草《たばこ》屋で、高瀬亮子の名前を出した。すると、中年の女主人は彼女をよく知っていた。

私は女主人に亮子のことをきいた。もし、彼女が現在、平穏な結婚生活を送っているとしたら、私の訪問は迷惑をかけることになる。ましてや、あの子供が私の子だとしたらなおさらである。だから、彼女が幸せに暮らしていたら、そのまま引き上げるつもりだったのだ。

女主人は、彼女はひとりで子供を育てていると言った。改めて、私の胸に何かが突き刺さるような気がした。

「あの人、五年くらい前にこの町に帰ってきましてね。しばらくして子供を産んだんですよ。近所じゃ、きっと東京で男にだまされたんじゃないかと言う人もいましたがね」

女主人は無遠慮に言った。

「町役場で働いて、子供を養っていたんですがねえ……」

と、女主人は眉をひそめた。私はその表情が気になって、

「何か、あったんですか？」

「近ごろ、あの人に親しい男性ができたらしいんですよ」

と、声をひそめて言った。

「一度、見かけたことがありますけど、それが六十前後の男性なのよ。みなりのきちっとした紳士ふうですけど、年がねえ」

女主人は言葉を切ってから、

「それもいいんですけどね、その男性と結婚するために子供の引き取り手を探しているんですって」

「どういうことなんですか？」

「子供さえいなければ、あの人といっしょになれるのに、とぐちをこぼしていたわ」

その言葉は意外であった。私はこの女主人が私をからかっているような気がした。

「その男性、この町の方なんですか？」

「いいえ、違います。東京じゃないかしら」

「東京？」

私は首をかしげた。この町に住んでいる亮子がどうして、東京の人間と知り合ったのだろう。私の疑問がわかったのか、女主人は、

「お姉さんの知り合いの方だったんじゃないかしら」

「お姉さんて、失踪していた……？」

女主人は声をひそめ、

「去年の十月、お姉さんの骨が飛騨の山奥から発見されたんですよ」

「なんですって！　ほんとうですか？」

私は息が詰まりそうなほど驚いた。

「このへんじゃ、ちょっとした騒ぎでしたわ。そのお姉さんの供養の時、その男性がいたんですよ」

私は亮子の家に向かった。教えてもらった家はすぐわかった。古い造りの家だった。

私は気持ちを落ち着かせてから、高瀬と表札にある玄関の呼鈴《よびりん》をおした。胸に締めつけられるような痛みが走った。

玄関が開いた。

亮子が立っていた。五年の空白がその瞬間に消えた。少しやつれたようだったが、小造りな顔に通った鼻すじがあった。

「おひさしぶりです」

私は目を見開いている彼女に言った。声が喉《のど》にからんだ。

玄関の前で、彼女はじっと私を見つめていた。その目は昔と同じだった。

その瞬間、彼女はずっと私を待っていたのではないか、という思いがした。

東京を引き上げ、この郡上八幡で彼女はじっと私が迎えに来るのを待っていたのではないだろうか。

しかし、それは次の一言で錯覚だと思い知らされた。

「困ります」

冷たい口調だった。私は思わず、相手の目を覗きこんだ。

「もうすぐお客さまが見えるんです」

私はショックを隠して、

「お姉さんの遺骨が発見されたそうですね。ぜひ、お線香をあげさせてください」

と、訴えるように言った。彼女は、しかたなさそうに言った。

「どうぞ、お入りください」

私は仏壇の前に案内された。仏壇に両親と並んで清子の写真が飾ってあった。私は長い時間、手を合わせていた。

亮子は茶をいれてもってきた。熱い濃い茶だった。彼女は私の好みをまだ覚えていてくれた。目の前に腰をおろした亮子に向かって、私は何から喋《しゃべ》っていいのかわからなかった。

彼女もうつむいていた。

その時、玄関の開く音がして、ただいま、という声がした。子供の声である。

やがて、その女の子は姿を現した。つい二週間前に寺の境内で見かけた子供だった。

「祥子《しょうこ》ちゃん、こちらに来てごあいさつなさい」

亮子は子供に声をかけた。祥子という女の子は、私の顔を見ながらおずおずと入ってきて、母親の背中に隠れるようにして座った。

亮子はやさしいまなざしで、

「ごあいさつは？」

すると、女の子は、はにかんだように頭をさげた。亮子に似た顔だちであった。亮子の様子には母親の慈愛《じあい》のようなものを感じた。子供を邪険《じやけん》に扱っているというふうに見えなかった。

女の子はあいさつを終えると、立ち上がって、いそいで隣の部屋にかけていった。

私はその子供の後ろ姿を見送りながら、

「あの子は？」

私はつばをのみこんできいた。亮子はうつむいたままだった。

「教えてください。あの子はぼくの……」

しばらく静かな時間が流れた後、亮子が顔をあげた。涙がにじんでいた。

「こちらに帰ってきてから生まれました」

私は全身が震えた。

「どうして、ぼくに隠していたんですか？」

私は責めた。

「ひとりで育てたかったの」

亮子はぽつりと言った。

「ば、ばかな」

私はやりきれなかった。

「あなたは昔からそうだった。わざと、自分を不幸にさせたがった……」

私は彼女のそんな性格が口惜しかった。高校生の頃の、あの明るさが消えたのは、姉の行方不明が原因しているのだろう。私は仏壇の写真をちらっと見てから、

「あなたはこれからもあの子を独りで育てていくつもりなんですか？」

亮子は辛そうな表情を作った。

（ぼくと、もう一度やり直そう）

私は感情が昂《たかぶ》っていた。その言葉が喉まで出かかった。しかし、亮子は、

「奥さまは？」

と、感情のない声できいた。

「去年、結婚しました……。しかし、ぼくは今でもあなたのことを……」

「やめてください！」

亮子は大声を出して遮《さえぎ》った。私はあっけにとられた。

「私は、結婚したい人がいるんです」

煙草屋の女主人の言葉が蘇った。やはり、近所の人々の噂《うわさ》はほんとうだったのだ。

「あの子はどうするんですか？」

すると、亮子は顔を強張《こわば》らせて、

「私も疲れました。そしたら、ちょうどあの方と知り合ったの。でも、子供がいたんじゃうまく行かないから施設に預けようとしているんです」

「あなたはそれでも親なんですか？」

「母親である前に、女です。このまま年とっていくのかと思うとたまらないんです」

亮子は髪をふりみだして言った。

私はまったく別人を見ているような気がした。五年間の暮らしが、彼女を変えてしまったのだろうか。

「あなたはそんな女性だったんですか？」

私は大声を出した。ふと、廊下を見ると、祥子が脅《おび》えたように立っていた。私たちの雰囲気から異常を察して、隣の部屋から出てきたのだろう。

祥子のあどけない顔を見て、私はたまらず、祥子に近づいて小さな体を抱きしめた。

私は重たい物を胸に詰めて、彼女の家を出た。

私が駅に向かいかけた時、ひとりの男とすれ違った。ぱりっとしたコートを着た六十ぐらいの紳士であった。土地の人間のようには思えなかった。小さな旅行鞄《かばん》をさげていた。

すれ違う時、その男がいやに私の顔を見つめていた。

私は途中で気になってふり返った。すると、その紳士は亮子の家の玄関の前に立って、こちらをじっと見つめていた。

私はあの男が、亮子の結婚相手のような気がした。年齢は三十近く違う。私はやりきれない思いで、東京に帰った。

4

私がすべてを孝江に打ち明けた時、

「その子、私たちで育てましょ」

と、彼女が言ってくれた。

飛騨の遅い桜もようやく蕾《つぼみ》を開きかけた頃、私と孝江は新幹線に乗った。名古屋で乗り換え、岐阜に出て高山線に乗った。美濃太田《みのおおた》で越美南線《えつみなん》に乗り換える。

北アルプスがその稜線《りょうせん》をくっきり見せていた。

郡上八幡に着いた時、晴れていた空に厚い雲が現れていた。

亮子は強張った表情で私たちをむかえた。

祥子を私たちが引き取ることを、亮子は承諾した。

「祥子ちゃん、公園に遊びに行きましょう」

孝江が祥子に声をかけた。女の子は、母親の顔を見つめていたが、

「祥子、行ってらっしゃい」

という声で顔をパッと輝かせた。

孝江は、私と亮子をふたりきりにさせたいようだった。

二人が出ていった後、改めて、私たちは話し合った。

彼女は結婚相手である紳士のことを多く語ろうとしなかった。ただ、武田《たけだ》という名前だけは教えてくれた。

「私、姉のことだけが気がかりだったのです。姉の遺骨も父と母のお墓におさめることが

できました。これで、やっと自分のことだけを考えられるようになったのです」

私はこれでいいのだと思った。亮子は亮子なりに自分の生き方を決めたのだ。彼女は自分の幸せを考えないような女だった。そんな彼女が、はじめて武田という男との生活にかけたのだから。

しかし、武田というのがどんな男なのか気になった。もし、亮子を愛して求婚したのなら、どうして子供まで面倒をみようとしないのか。

「こんなことをきいては失礼だけど、その武田という人は信頼できるんですか？」

私はそのことを確かめたかった。彼女の様子から華やかな匂いを感じとることができなかったからだ。

「私の決めたことです」

亮子は厳しい口調で言った。

私は不安になった。亮子は武田という男と結婚しても幸福になれないのではないか。いや、彼女は自分を不幸にするために、武田という男の言いなりになっているのではないか。そんな気さえしたのだ。

「亮子さん、ぼくを武田という男に会わせてくれませんか」

「いけません」

「どうしてですか。その武田という男、ほんとうに信用ができるのか。ぼくが会ってみます」

亮子は顔を横にふった。

「あなたは、そうやって、いつも自分を不幸にする。もっと自分をたいせつにしなきゃだめじゃないですか」

しかし、亮子は、

「お願いです。もう私のことは忘れてください」

と言うばかりであった。

彼女の目が濡れていた。私はやりきれなかった。事情をきいても彼女は言おうとしなかった。亮子という女がわからなかった。


亮子が祥子を伴《ともな》い上京したのは、それから十日後であった。

私のマンションにいったん顔を出したが、その晩、亮子は祥子と二人で都内のホテルに泊まると言った。夕飯を食べていけと引き止めたが、母娘水いらずで、ホテルのレストランで食事すると言った。

亮子は祥子の手をひいて去っていった。彼女にとっては、祥子との最後の夜だったのだ。

その夜、孝江が言った。

「あの祥子ちゃん、とても可愛《かわい》いのよ。あんな娘がいたらなって思っていたの。あなたの子供なんだし、大事にするわ」

孝江はやさしい女だった。

翌日、亮子は上野動物園に祥子を連れて行ってから、私の家に祥子を連れてきた。

「どうか、祥子のこと、よろしくお願いします」

亮子はそう言って、ひとりで帰っていった。祥子は母親の後を追って泣いた。

亮子は一度もふり返らず、去っていった。亮子の細い後ろ姿がいつまでも私の目に焼きついていた。

5

祥子は賢い子だった。じっと、何かに堪《た》えているようだった。それでも、ひとりでベランダから遠くを見つめていることがあった。私は祥子が不憫《ふびん》な気がした。

ある日、私が帰宅すると、部屋の真ん中で、孝江が茫然《ぼうぜん》としていた。

私は祥子を抱き上げながらきいた。孝江は夕刊を差し出した。私は祥子を下ろし、頭をなでてから、夕刊を手にとった。

病院長夫妻焼死は殺人事件と判明。犯人、自首！

新聞によると、あの火災については当時でも不審な点があったが、結局、事故として処理されていた。ところが、あの事件は自分がやったと犯人が自首してきたというのであった。

その犯人が高瀬亮子であった。

（まさか……）

私は信じられなかった。彼女は武田という男と結婚するのではなかったのか。たとえ、彼女が犯人だったとしても、なぜ、彼女は今になって自首する気になったのか。

私は警察に面会に行った。しかし、面会はできなかった。

亮子は殺人罪で起訴された。

拘置所へ、亮子に面会に行った。しかし、彼女は会おうとはしなかった。

やっと、亮子と会ったのは三度目の訪問の時であった。亮子は意外と元気な顔を見せた。亮子は打ち明けてくれた。

「姉は谷川の指示で患者さんに注射をしたんです。谷川の初歩的なミスだったんです。姉は谷川を愛していました。だから、自分のミスにして谷川をかばったのです。でも、谷川は遊びで姉とつきあっていたのです。別にふさ子という恋人がいたんです。谷川は姉を殺し、永遠に姉のミスにしてしまったのです」

亮子は私に告白した。

「谷川は恋人が失踪した哀れな男を演じていました。はじめは自殺の危険性があるといって熱心だった警察も、そのうちに捜索もおざなりになりました。私ははじめから谷川を疑っていました。でも、証拠がありませんでした」

「…………」

「そのうち、奥さんのふさ子が、あの当時、ひとりで飛騨に旅行していることがわかったのです。それで、白川郷の民宿まで、ふさ子の写真を持って出かけ、民宿を一軒一軒あたりました」

「…………」

「谷川が姉と郡上八幡で別れ、ひとりで白川郷の民宿に泊まった時、いっしょに泊まっていたのですよ。それも偽名で……」

私は飛騨の民宿で同宿したひとり旅の女性を思い出していた。

「谷川とふさ子が共謀して、姉を殺害し、飛騨の山奥に埋めたのです。ふさ子は姉になりすまし、あたかも姉が東京まで生きていたように見せかけたんです。谷川は帰りも、行きと同じコースをたどり、同じドライブインで食事をしていました。みんな偽装工作でした。飛騨の山奥に埋めても、帰りがひとりだったら疑われます」

「………」

「私は谷川を追及しました。姉の遺骨を早く探して供養してやりたかったのです。でも、谷川はあくまでとぼけました。だから、谷川を殺そうと機会を狙っていたんです」

「………」

「私は殺人犯です。だから、あなたと結婚してはいけないと思っていました。もし、結婚すれば、あなたも私も不幸になると思っていたのです。でも、私のお腹の中にあなたの子が……」

亮子はそこで涙ぐんで、

「だから、私はあなたから去ったのです。もし、子供ができたことを知れば、あなたはどこまでも私を追ってくると思ったから」

私はいたたまれなくなった。

（ひょっとして、彼女はあのことを知っていたのではないか……）

あの自転車旅行は、私の大学中退のふんぎりをつけるためのものだった。病気で入院した父に代わって、私が働いて母や幼い弟たちを養わなければならなかったのだ。

その旅行が、私にはある恩恵《おんけい》を与えることになったのだ。

あの日、白川郷の民宿を出た谷川は車で清子と落ち合うために郡上八幡に戻った。私は金沢に向かって出発した。バス停にさしかかった時、同じ民宿に泊まっていたひとり旅の若い女が、バスに乗るところだった。その時、定期入れを落としたのだ。私は定期入れを拾《ひろ》ったが、バスが出た後だった。高山に向かうバスの後を追った時、不思議なことに、郡上八幡に向かったと思っていた谷川の車が、高山に向かう白川街道の峠の付近に停まっていた。その傍《かたわ》らに、あの民宿にいた女がいたのである。

谷川は女を乗せるとUターンして郡上八幡方面に走り去って行った。

私は民宿に戻り、定期入れを郵送してやるため、その女性の宿泊名簿の住所を見せてもらった。ところが定期券の名前と違っていた。つまり、偽名だったのだ。

私は刑事が訪ねてきてから数日後、谷川に会いに行った。そして、そのことを告げると、谷川はその定期入れをある条件で買ったのだった。

その金は私を助けた。大学を無事卒業し、一流企業に就職することもできたのだ。

亮子はそのことを知っていたのだ。私が彼女との結婚に踏み切れなかったのは、私にその負い目があったからだ。郡上八幡に帰った彼女の後を追うのをためらわせたのも、そのせいだった。

「亮子さん、あなたは、ぼくがお姉さんの失踪の秘密を……」

「そのことは言わないで！」

彼女は大声を出した。

もし、私があの時、真相を警察に訴えていれば、亮子は殺人まで犯すことにはならなかったろう。そう考えると、亮子を不幸に追い込んでいったのは私ということになる。

「亮子さん、すまない」

私は彼女に詫《わ》びた。

「もう終わったことなんです。祥子を立派に育ててやってください。それだけが、私の願いです」

6

私は、亮子の弁護士である臼井《うすい》を新宿にある事務所に訪ねた。

「どうか高瀬さんのこと、よろしくお願いします」

私はそう頼んだ後で、武田について訊《たず》ねた。亮子はいくら問い質《ただ》しても、武田のことは喋《しゃべ》ろうとしなかった。だが、弁護士には打ち明けているに違いない。

臼井弁護士は困惑した表情だったが、根負《こんま》けしたように、ぽつりと言った。

「武田さんは、電気器具の会社の顧問をしています。場所は神田《かんだ》です」

私はその会社の住所を聞いて、神田にでかけた。神保町《じんぼうちょう》にあった。

小綺麗なビルの一階ロビーにある受付で、武田に面会を求めた。受付嬢は電話をかけていたが、すぐ電話を切ると、応接室に案内した。

私が応接室で待っていると、すぐに武田がやってきた。郡上八幡で会った男に間違いなかった。白髪の品のいい紳士であった。

「武田です。臼井弁護士から連絡を受けて、あなたが来るのを待っていました」

武田は私に名刺を渡して言った。

「高瀬亮子さんのことですな」

武田は腰をおろして言った。

「あなたは彼女とどのような関係なのですか？」

私は名刺から顔をあげてきいた。

武田はゆっくり湯飲みに口を運んだ。その顔に戸惑いのようなものがうかがえた。

「こうなったら、なにもかもはっきり申しましょう」

武田が意を決したように顔を向けた。

「私は三年前まで警視庁にいました」

「警視庁？」

それは予期しない返事であった。私は武田の細い目を見つめた。

「私は世田谷の谷川病院長宅焼失事件を担当していたんですよ」

「………」

「当時、あれは事故ということでケリがつきましたが、私は疑問を持っていました。近所の人が、出火直前、裏口から女が出ていくのを目撃していたんです。その女が事件に関連があるのか、捜査会議でも論議の対象になりました。でも、結局、無関係ということになったのです。でも、私は納得がいきませんでした」

武田はそこで声をのんでから、

「いろいろ不審な点がありました。それで、調べるうちに谷川医師がからんでいた看護師失踪事件に思い当たったのです」

私は息を呑んだ。武田はそのまま続けた。

「そこで高瀬亮子に疑いを向けたのですが、証拠はありませんでした。そのまま私は定年になり警視庁を退官し、この会社に拾われ第二の人生を送っていたのですが、去年の十月に、行方不明だった高瀬清子の白骨死体が発見され、私は自分なりにもう一度事件を調べ直してみたのですよ。もう、警察官ではありませんが、私には気になる事件だったからです」

武田は軽く咳払《せきばら》いしてから、

「まず、高瀬清子失踪当時の状況を、当時捜索した刑事に確認しに行きました。私は谷川が清子を殺害し、飛驒の山奥に捨てたと考えてみました。そう考えれば、亮子の犯行が姉の復讐《ふくしゆう》という動機と結びつくからです」

私はいたたまれなかった。亮子をそこまで追い詰めたのは私なのだ。あの時、すぐに真相を警察に訴えていれば、亮子の人生はもっと別なものになっていたはずだ。

「私は、郡上八幡まで高瀬亮子さんに会いにいきました。そこで、彼女の告白を聞いたのです」

武田は息をはいた。

「私は警察官ではありませんから、彼女をどうすることもできません。ただ、このままでは彼女は不幸になるだけです。罪を償《つぐな》うべきだと思いました。だから、彼女に自首をすめたのです」

私は武田の声にじっと耳をすました。

「しかし、問題があった。子供のことです。子供のことを思うと、私もどうしていいのかわかりません。すると、亮子さんが思いつめた目でこう言ったのです」

武田は私の顔を見つめ、

「この子の父親に預けたい、と涙ながらに訴えたのですよ」

「…………」

「それで、私はあなたのことを調べました。あなたは結婚していました。そこで、私はあなたに無断で、奥さんにすべて正直にお話ししたのです」

「孝江に！」

私は思わずきき返した。武田はうなずいてから、

「奥さんはショックを受けていたようですが、すぐに私の頼みをきいてくださったので

す」

「じゃあ、孝江はなにもかも承知で、私を郡上八幡まで引っ張っていったというのですか？」

「そうです。あなたを、亮子さんと祥子ちゃんに会わすためにね」

「なぜ、彼女は私に直接、理由を言わなかったのですか？」

私はきいた。

「亮子さんは、あなたの家庭を壊したくなかったのですよ。もし、あなたに打ち明けて、あなたが子供を引き取ったとしても、奥さんが納得しなければ問題が起きるでしょう。亮子さんはそれを恐れたのです」

「…………」

「だから、奥さんにはじめに話を通したのです。もし、それで奥さんが拒否すれば、あなたに子供を預けることは諦め、別な手段、たとえば亮子さんの親戚に預けることにするつもりだったようです」

「孝江はすぐに承諾したのですか？」

私はきいた。

「奥さんは、あなたの愛していた方の子供なら、私にも大事な子供だとおっしゃってくれました。ただ……」

「ただ？」

「孝江さんは一つだけ亮子さんに注文をされました。それは、あなたの心の中に巣食っている亮子さんへの思いを断ち切って欲しいと言われたのです」

「孝江がそんなことを？」

「あなたは気づかなかったのでしょうが、奥さんは相当寂しい思いをしていたようです。あなたが、私を見ないでいつも遠くを見ていると涙を流されたのです」

「………」

「だから、あんな芝居を打ったのですよ。亮子さんは結婚のために子供が邪魔になった女を演じ、あなたの幻想をうち砕《くだ》こうとしたのです」

「………」

「奥さんは、祥子ちゃんを引き取ることで、あなたの気持ちを自分に向けようと考えたのでしょうねえ」

私は言葉がなかった。

「このことは、あなたに秘密にするつもりでした。でも、このままではあなたが苦しむだけと思い直して、お話しする気になったのです」

武田は言葉を改め、

「亮子さんや奥さんの気持ちを察し、祥子ちゃんを立派に育ててやってください。私からもお願いします」

と、言った。そして、

「祥子ちゃんが成人式を迎えるときには、きっと亮子さんも社会に復帰できていますよ」

と、つけ加えた。

私はふと、成人した祥子がゆかた姿で郡上踊りを踊っている姿を想像した。その姿は、やがて、十六年前の亮子の姿と重なっていった。

隠し絵

1

藤城啓一《ふじしろけいいち》は多摩川《たまがわ》を渡った私鉄沿線のT駅で降りた。ベレー帽から伸びた髪の毛、黒いジャケットにコールテンのズボンをはいている。恰好《かっこう》からして画家という風体《ふうてい》であった。

改札を出た頃には小降りになっていた。藤城はそのまま表通りを横断して、T街三業地という看板がかかっている二股の小道を右手に折れた。雨に濡れた道路が街灯《がいとう》の明かりに反射していた。

藤城は月に一度、東京郊外のT市の料亭「築地《つきじ》」に寄った。

藤城が「築地」の敷石を伝って玄関に足を踏み入れたのは、ちょうど夜の九時だった。品のいい女将《おかみ》が、廊下に跪《ひざまず》いて丁寧に出迎えた。女将の仕種《しぐさ》でも、藤城が馴染《なじ》み客だということがよくわかる。

「雨、まだ降っておりますか？」

と、女将は濡れたベレー帽に目をやって言った。

「もう、止《や》みそうなんだが……」

と、藤城は首のまわりをハンカチで拭《ふ》きながら答えた。

淡《あわ》い明かりの階段は、足を踏むたびに、みしりと音を立てる。その音の響きが、藤城に温《ぬく》もりを全身に伝えてくる。

二階突き当たりの六畳間には、膳《ぜん》の上に酒の肴《さかな》とグラスが用意してあった。

藤城の後から、女将も入ってくる。

「いらっしゃいませ」

藤城がふわふわした座布団《ざぶとん》に腰を下ろすのを待って、女将が改めてあいさつした。

「すぐ、参りますので……」

二言、三言、世間話をしてから、女将は部屋を出て行った。

別の部屋から、三味線《しゃみせん》の音が聞こえた。

藤城が煙草《たばこ》に火を点《つ》けた時、襖《ふすま》の向こうで声がした。襖が開いて、市子《いちこ》が現れた。質素《しっそ》な室内が、一瞬明るくなった。

「ごめんください」

市子は、畳に手をついて言った。その声は喉《のど》の奥にひっかかったようだった。そして立ち上がって、藤城の傍《そば》にやってきた。

市子はほっそりとした体つきだった。白い着物に紅の帯を締めている。髪を結《ゆ》い上げていた。

藤城は無言で市子を迎えた。市子も黙ったまま、藤城の脇に座った。彼女のため息が胸をつく。

藤城がおちょこをつかむと、彼女はあわててお銚子に手を伸ばした。

藤城は一気に酒をあおった。空《あ》いたおちょこに酒をつごうとした市子は、藤城が首を振るのを見て差し出した手を止めた。

藤城はおちょこを置くと、彼女の白い手をとった。彼女がお銚子を膳に戻すのと同時に、握った手を引き寄せた。あっと、彼女は低い声を上げて、藤城の胸に倒れ込んだ。鬢《びん》の香りが、藤城の胸に伝わった。

「会いたかったわ……」

藤城の胸に顔をうずめて、市子が言った。

「ぼくだって……」

市子の体を両腕で抱きしめながら藤城が言った。

しばらく、二人はそうしていた。遠くから三味線の音にまじって、唄声が聞こえた。隣の料亭のようだった。

「思い直すことはできないのか？」

声をしぼり出して、藤城はきいた。市子は体を離すと、

「もう引き返せません！」

と、恐い表情で答えた。

藤城はさっと顔をそむけると、自分で酒をつぎ、いっきに口に流し込んだ。今夜の酒はやけに苦《にが》く喉を通った。それから、藤城は手酌で、続けざまに酒を呑《の》んだ。

市子はじっとその様子を見ていた。

「そろそろ……」

しばらく経《た》って、彼女が誘った。藤城は頷《うなず》いた。

市子が先に部屋を出て行った。藤城は新しい煙草に火を点け、二、三服吸ってから、灰皿にもみ消し、おもむろに立ち上がった。

廊下に出ると、まるで山中の一軒家のように人の気配がなかった。階段の下で、市子が待っていた。藤城はそっと階段をおりた。市子は、突き当たりの部屋の前で立ち止まり、どうぞと目顔で示した。

裏庭に面したその部屋は、襖を開けると屏風《びょうぶ》が立ててあった。屏風の向こうに布団が見えた。

藤城は寝間着に着替えた。市子も屏風の陰で帯を解《と》いている。

藤城は布団の中に入った。衣擦《きぬず》れの音がほの暗い天井を見つめる耳に届く。

藤城が初めて「築地」に来たのは一年以上前だった。美術雑誌の編集者に誘われて来たのだった。

「築地」の座敷に現れた芸者を初めて見た時、藤城は思わず声を上げそうになった。死んだ母に面影《おもかげ》が似ていたのだ。

ふと、畳を踏む音がした。藤城は目を閉じた。市子が枕元にしゃがみこむ気配がし、そして耳元に熱い息がかかった。

「それじゃ、行ってきます」

抑えた声だった。藤城は目を閉じたままだった。しばらくすると、そっと市子が立ち上がる気配がして、庭に面した障子《しょうじ》と雨戸の開く音がした。藤城は目を閉じたまま、神経を集中させ、市子が庭に出ていくのを窺《うかが》った。

部屋の中はしんとしていた。そっと目を開く。

天井の節《ふし》が、生き物のように、藤城をにらんでいた。

華やかに着飾った着物の奥に、彼女は不幸を隠していた。

何度目かのとき、初めて彼女が自分のことを語った。病弱な夫を自分が支えていることを、彼女は諦《あきら》めに似たような思いで話した。その時の彼女は自分の将来に夢を持てなくなっていたのだ。

市子がはじめて、そのことを口に出したのは去年の秋だった。

「いっそ、死んでしまいたい……」

激しい燃焼の後、薄い布団に枕を並べて天井を見つめている時、藤城の耳元でその声が弾《はじ》けたのであった。驚いて体を起こし、彼女の顔を見下ろすと、目尻にうっすらと涙がにじんでいた。

彼女の苦悩は、藤城の胸を激しく打ちつけた。

「ばかなことを言うもんじゃない」

市子の濡れた頰《ほお》を、掌《てのひら》でさすりながら、藤城はやさしく、そして強い口調で言った。

「もういや、こんな生活は……」

そう言って、市子は藤城の胸に顔を埋めてきた。

その後、月に一回の逢瀬《おうせ》の数が重なるたびに、市子の口から死ぬという言葉が消えていったが、代わりに彼女の目の光が強くなっていった。そして、彼女は夫のことを憎しみを込めて話すようになった。酒呑みなこと。なまけものなこと。嫉妬《しっと》深く、酔って乱暴をすること。どれ一つとっても、彼女の声で聞くと、暗い陰惨《いんさん》な響きが伝わってきた。なぜ、そんな話をするのか。彼女は、何を考えているのか。藤城は背筋に冷たいものが走った。

彼女が、そのことを口に出したのは、ようやく春の気配がたちこめてきた三月の初めであった。

「私を助けて！」

いきなり、彼女が藤城にしがみついて言った。驚いて、彼女の顔を見ると、透《す》き通ったような白い顔が蒼《あお》ざめていた。

「このままじゃ、私は死んだも同然……。もういや、こんな生活から抜け出したい」

藤城は黙っていた。声を出せば、彼女の口から恐ろしい言葉を聞くような気がしたからだ。妙に静かな時間が流れた。彼女の息遣いだけが耳を騒がした。

その息遣いがやんだ瞬間、はっとした。

「夫を殺します！」

彼女は藤城の胸の中で呻《うめ》くように言った。

（ば、ばかな！）

藤城はあわてて心の中で叫んだ。しかし、声にはならなかった。

「あなたにはけっして迷惑はかけません。だからお願い。協力してください」

市子は、迷惑をかけないと言った。あとで警察にばれても知らなかったと言えばいい、と彼女は頼んだ。

ふと、目を開けて手を伸ばし、枕もとにある腕時計をとった。彼女が出ていってからまだ三十分しか経っていなかった。興奮から藤城の神経は昂《たかぶ》っていた。

2

東京地検の検事沢木正夫《さわきまさお》は、机の上に送致書を広げた。

罪名は殺人未遂。被疑者の氏名は川島江美《かわしまえみ》である。犯罪の情状等に関する意見として、被疑者は前科前歴もなく事件は未遂であり、犯行の動機も同情できるものであるので寛大な処分を願いたいとあった。

沢木検事はT大法学部を卒業、その翌年に司法試験に受かっている。最近、前任地の高《たか》松《まつ》地検から転勤になったばかりであった。

検事とは思えないおとなしそうな顔だちだが、目は輝いていた。

事件は東京都大田《おおた》区西六郷《にしろくごう》三丁目で発生した殺人未遂事件である。若手検事の沢木は事件資料を目で追った。

犯罪の発覚は被害者である夫の証言からであった。

六月十四日夜十一時五分頃、警視庁緊急司令室に、

「西六郷三丁目にある東洋《とうよう》アパートの二階十号室からガスの臭いがする」

と男の声で通報があった。

ただちに最寄《もよ》りの派出所から警察官が駆《か》けつけ、管理人を叩《たた》き起こし問題の部屋を合鍵で開けるとガスの臭いが充満しており、さらに足を踏み入れると、奥の六畳間で同部屋の住人川島房夫《ふさお》が倒れていた。すぐに救急車で六郷病院に運んだ。発見が早かったため大事に至らなかった。

川島房夫は睡眠薬を飲んでおり、意識回復を待って所轄《しょかつ》の係官が事情を訊《たず》ねたが、同人は何ゆえか正直に話そうとしなかった。そこで、係官は妻江美に事情を確かめたが、同女の申し出も要領《ようりょう》を得なかった。また、川島房夫の同女に対する態度に不自然な様子があるところから、さらに同人を問い詰めた。が、同人はがんとして口を割らなかった。しかし、なおも強く問い質《ただ》したところ、とうとう川島は、

「自分は妻に殺されかかったのです」

と、告白したのである。

供述調書

住所　東京都大田区六郷西三丁目X番地X号

職業　無職

氏名　川島房夫（三十二歳）

右の者は、六月十九日六郷警察署において、本職に対し、任意で次のとおり供述した。

一、私は、二年前の十月まで大田区北大森《きたおおもり》七丁目三番の割烹《かっぽう》「吉野《よしの》」で調理人をしておりましたが、体をこわして辞め、現在は妻江美に養ってもらっております。妻江美とは昭和五十六年に結婚いたしました。

二、六月十四日の夜に起こったことについて申しあげます。その日、私はアパートの部屋でお酒を呑んでいたところ、午後十時頃、妻の江美がふいに帰ってきて、「きょうはお客さまの都合で座敷がキャンセルになった。帰りにウイスキーを買ってきたので一緒に呑みましょう」と言い、妻の江美が台所で水割りを作って持ってきた。私は珍しいことがあるものだと思いましたが、さして気にもとめずグラスを受け取り呑みはじめました。そのうち眠くなり、横になってしまったのです。気がついた時には病院のベッドの上でした。そこで、お巡りさんに事情をきかれ、ようやく妻江美が私を殺そうとしたのだと悟りました。しかし、私は妻江美を警察に引き渡すことを不憫《ふびん》に思い黙っていたところ、なおも問い詰められたので正直に申し立てることにしたのです――

川島江美（二十九歳）の供述。

――川島とは恋愛結婚でした。私が勤めていたスナックの常連でした。そんな関係で親しく交際するようになり、結婚したのです。しかし、夫はお店を辞めてから働かなくなり、毎日酒ばかり呑んでおりました。喧嘩《けんか》が絶えず、近所の方にも御迷惑をかけたと申し訳なく思っております。私がT市の三業地で芸者をしているのも生活のためです。でも、私は夫を愛していますし、夫は必ずお店を持ち成功する人間だと思っています。それまでの辛《しん》抱《ぼう》なのです。あの夜、私は料亭「築地」でお客さまと一緒でした。お客さまの名前は言えません。

川島房夫は一昨年十月に失業して以来、職につかず毎日ぶらぶらしていた。いまに料理屋を持つ、というのが彼の口癖であった。しかし、いっこうに働く素振《そぶ》りをみせず、妻江美の収入で遊んで暮らしていた。

この様子をアパートの住人の木下豊子《きのしたとよこ》は次のように供述している。

――私は川島さんの部屋の隣に住んでいますが、江美さんはご主人とよく喧嘩をしていました。ご主人は酒癖が悪く、酔うと江美さんを殴《なぐ》ったり蹴《け》ったりしていました。先月も、夜中に江美さんが私の部屋のドアを叩き、助けを求めました。私はすぐ部屋の中に入れてあげました。その後で、ご主人が廊下で大声をあげてわめいていたのです。でも、江美さんがご主人を殺そうとしたなんて信じられません――。

川島房夫と妻江美の話は大きく食い違っていた。川島は蒼黒い顔をひきつらせて江美をなじった。しかし、周囲の目は江美に好意的であった。

料亭「築地」の女将篠原咲子《しのはらさきこ》の話。

「市子（江美の源氏名）さんは六月十四日の夜、確かにうちでお客さまと一緒でした。お客さまがお見えになったのはちょうど九時で、帰られたのは十二時近かったと思います。お申し訳ありません。お客さまの名前だけは勘弁《かんべん》してください」

警察は当初、川島房夫の狂言という線も考えた。つまり、妻に愛想《あいそ》をつかされそうになり妻を引き止めておくために芝居を打ったということである。

しかし、医師の診断では、川島房夫は軽い一酸化炭素中毒症状であり、もし発見が遅れれば極めて危険な状況だった。警察に通報する人間がいなければ彼は確実に命を落とした。

川島房夫がガス中毒にかかったのは事実である。自殺の線も考えられるが、川島は自殺するような男ではなかった。では、事故だったのか。

沢木検事は、煙草に火を点けてから資料の続きを読んだ。

警察は横浜市内の薬局で、江美らしい女が睡眠薬を購入した事実をつかんだ。また房夫が飲んだウイスキーは、事件の三日前に江美が川崎市内の酒屋で購入したものであることをつきとめた。さらに、当夜、江美らしき女を乗せたというタクシーが見つかるに及び、警察は江美を殺人未遂容疑で取り調べたのである。

警察は「築地」の女将に、当夜の江美の客の名前を告げるように迫った。困惑しながら、女将は小さな声で客の名前を言った。

新進画家の藤城啓一というのが、当夜の江美の客であった。

藤城は今年三十四歳だが、六年前に新人画家の登龍門《とうりゆうもん》というべきN展に入賞し、画壇《がだん》にデビューしたのである。ここ一年ばかり作品を発表していないが、前途《ぜんと》有望な画家という評価はまだ消えていない。

捜査官は荻窪《おぎくぼ》にある藤城の自宅に出かけた。閑静《かんせい》な住宅街の一角に、瀟洒《しようしや》な藤城の家があった。隣の建物がアトリエだった。家には妻と一歳になったばかりの男の子がいた。

藤城の妻の和美はある美術関係の出版社にいたことがあり、色白で日本的な美人であった。しかも、色香というものがある。画家の奥さんというのはこんなにも美人なのかと、その時の捜査官は感嘆《かんたん》した。しかし、その捜査官の目には、和美は夫に対して意外と冷たい女なのかもしれないと映った。藤城と和美との間に、違和感を覚えたのである。

最初、とぼけていた藤城も妻の和美が別室に行った後で、当夜、江美と一緒だったことを認めた。

しかし、市子こと江美は一歩も部屋を出なかったと答えた。

警察は六郷署に藤城を呼び、さらに問い詰めた。

「どんなに被害者が悪い奴だろうが、加害者にどんな同情できる理由があろうが、犯罪は犯罪なのです。殺人未遂だから許してやればいいというかもしれない。しかし、もしこのままで川島江美はしあわせになれるでしょうか。罪を償わない限り、彼女は救われません。彼女のためにも、すべて告白して下さい。未遂事件です。その上、同情できる点も多い。きっと情状は酌量《しやくりよう》されるはずです」

取調官の訴えに、藤城はとうとう白状したのである。

川島江美が夫殺害未遂で六郷署に逮捕されたのは事件から二週間後であった。

——私は夫川島房夫を憎んでおりました。毎日酒びたりの生活で働く意思さえないようでした。今に、お店を持つというのが夫の口癖でした。私が詰《なじ》るものならカッとなって見境《みさかい》もなくなり、殴る蹴るの乱暴を働くのです。私はいつも脅《おび》えていました。そんな時、お客の藤城啓一さんと知り合うようになったのです。藤城先生は月に一度、私をお座敷に呼んでくださいました。亡くなられたお母さまに似ているということで、親身になってくださいました。六月十四日の夜、私は藤城先生を部屋に残して、庭から外に出て、電車で六郷のアパートに帰り、部屋の中で呑んでいる夫に、お客の都合でキャンセルになったと偽《いつわ》り、睡眠薬入りの水割りを作り呑ませたのです。夫はだいぶ酒が入っていたせいかすぐ寝入り、鼾《いびき》をかきはじめました。私は風呂場のガス栓を開け、ガスが放出したのを確かめて部屋を出ました。幸い、誰にも見つからずアパートを出て、大通りに出てタクシーを拾い、ひとつ手前の駅まで行き、そこから電車で料亭まで戻ったのです。近所の人がガス漏れに気づいて警察に通報したとは、つくづく悪いことはできないものだと思いました。ほんとうは何もかも素直にお話しすればよかったのですが、私が話せば藤城先生に御迷惑がかかると思い、言い出せなかったのです。どうぞ、お願いでございます。藤城先生は関係ありません——

藤城啓一の供述。

――私ははじめて料亭「築地」の座敷で市子こと江美を見た時、死んだ母の面影《おもかげ》を彼女に見つけたのです。母は私が五歳のとき、自ら命を絶っているのです。もう二十九年も前のことです。なぜ、母が自殺したのか、その理由はわかりません。それ以来、私は毎月のように彼女を座敷に呼びました。彼女の身の上話は身につまされたのです。彼女の不幸を取り除《のぞ》くことが、亡くなった母に対する供養《くよう》のような気がして、彼女のアリバイ作りに協力したのです。彼女は私が何も知らずに協力しただけだと申し立てたそうですが、私は彼女の企《たくら》みを知っていて進んでアリバイ作りに協力したのです――

3

沢木検事は最後の資料を閉じた後、送致書に書かれた「寛大な処分を願いたい」という文字を思い出した。

検察官は、犯人の性格、年齢及び境遇、犯罪の軽重及び情状並びに犯罪後の情況により訴追《そつい》を必要としないと認めるときは、公訴を提起しないことができる。

川島江美の殺人未遂事件についても情状を十分考慮できる可能性はある。しかし江美と藤城の関係が気になるのだ。

江美は酒乱の夫から逃れたい一心で犯行を企て、また藤城は彼女が死んだ母親に似ているので同情して加担したということだ。警察の調べでは、そうなっている。

しかし、沢木は何かひっかかるのだった。この事件には痒《かゆ》いところに手が届かないもどかしさがあった。それが何なのか、沢木にはわからなかった。

ただ不審なことは、藤城は将来を嘱望《しょくぼう》されている画家である。たまたま事件は未遂に終わったが、悪くすれば画家生命だって危うくする行為である。今回の事件は社会的に不利なことになるだろう。それにもかかわらず、死んだ母親に似ているだけで犯罪に協力したのだろうか。

沢木は検察事務官の谷本《たにもと》に、

「領置《りょうち》物件のなかに、藤城の書いたエッセイがありましたね」

と尋ねた。川島江美の自宅の本棚にあった月刊誌で、「芸術文化」という雑誌である。五年前に発売されたものである。その中に藤城が「私の原風景」と題するエッセイを載せている。N展入賞後に書いたのである。

N展に入賞した絵は、和服の女が桜の木の下で横たわっている絵だった。白い肌にピンクの桜の花が刺青《いれずみ》のようにはりついている。生命の息遣いが聞こえるようであり、あるいは断末魔の叫びのようでもあった。

藤城の描く美人画は繊細《せんさい》な描写と大胆な筆致《ひっち》で見るものに訴えかけてくる。はかないまでの美しさが見る者の魂を揺さぶる。生命のはかなさ美しさを美人女性に託して描いているのだ。また観ようによっては破滅的なエロチシズムがあった。

「芸術文化」に載ったエッセイは、藤城の画《え》の秘密を明かしたものであった。

沢木は検察事務官が持ってきた「芸術文化」の目次を開き、藤城のエッセイを探した。

〔私の原風景〕
——私の母は、私が五歳の時死んだ。桜が今は盛りと咲き誇っている夜、青酸カリを飲んだのである。自殺だった。
母は美しい人だったらしい。死ぬ三日前の花見の宴《うたげ》で、白地に鶴を染め抜いた艶《あで》やかな和服姿の母の立居ふるまいに、居並ぶ商家の旦那《だんな》衆や地元の芸者衆はしばし目を奪われたという。満開に咲き誇った桜に比しても母の美しさは際立《きわだ》っていた。セピア色の写真を見ても、その逸話《いつわ》が決して誇張《こちょう》ではないことがよくわかる。ただ、母の美しさは病的な美しさだったようだ。まるで、散る前の桜のように、母は女としての最後の華を咲かせたのだろうか。

母が死んだ翌朝、庭一面を桜の花が覆《おお》っていた。夜中に吹き荒れた強風が桜をみな散らせたのだ。まるで母の死と歩調を合わせたような庭の桜の散り様《ざま》であった。

母が死んだ部屋の隣に私は寝ていた。昼間の遊び疲れでぐっすり眠っていたので、襖一枚隔《へだ》てた隣の部屋で母が死と向き合っていたなどとは思いもしなかった。ただ、母が私の枕元にきて、じっと私を見つめ、それから頬《ほお》ずりして部屋を出て行った夢を見た。いや、あれは夢ではなく、母が自分に別れを告げにきたのかもしれない。母の温《ぬく》もりを確かな手応えとして、私は感じたのである。

母がなぜ自ら死を選んだのか。

母は病気だった。と祖母は言った。結核で、近々転地療養することになっていた。そうなれば、おまえとも離れなければならない。母はそれが辛《つら》かったのだろう、と祖母は言い、

「母の病気がおまえにうつるといけないからね」

通夜の客が帰った冷《ひ》んやりした部屋で、祖母は私の体を抱き締めて言った。

しかし、自殺の真相が別なところにあると知ったのは、ずっと後のことだった。

父真一郎《しんいちろう》は呉服屋「麻生《あそう》」の二代目だった。

祖父が「麻生」を大きく成長させ、父はただ祖父の遺産を引き継いだだけだった。父は道楽者だった。歌舞伎《かぶき》役者のような父は、かなり女性にもてたようである。父はよく芸者衆を引き連れ、家に帰ってきたことがある。そんな時、母はどんな思いで、芸者衆と相対したのだろうか。

母の千佳《ちか》は体が弱く、なかなか子宝に恵まれなかった。私が生まれたのは、麻生家に嫁いで九年目、母が三十歳の時だった。

私が生まれた時、これで「麻生」の跡取りができたと、祖母や親戚の者が大騒ぎだったという。母は子供ができないことで、周囲からだいぶ苛《いじ》められたらしい。

父の可愛《かわい》がりようはなかったと祖母は述懐《じゅっかい》していた。そんなしあわせは散り際の桜のようにあっという間に消えてしまった。

母の自殺の原因は父の浮気であった。

父には愛人がいた。菊野《きくの》という芸者だった。母が自殺した夜、父は浅草の料亭「富弥《とみや》」で菊野と逢《あ》っていたのだ。

母は遺書を残さなかった。しかし、無言の遺書というものがあるのだろう。母は遺書を残さないことで、父に抗議をしたのに違いない。あえて、父が菊野と逢っている時に、青酸カリを飲んだのである。

父と菊野の仲がいつごろからなのか、私は知らない。

父の愛人菊野こと久野《ひさの》が、後妻《ごさい》として乗り込んできたのは、母の死からわずか半年後のことであった。親戚の大反対を押し切って、父は久野を麻生の家に入れたのだった。

しかし、父の道楽は以前に比べて酷《ひど》くなった。博打《ばくち》にも手を出すようになり、負けて大酒を呑むこともたびたびだった。

私は継母の久野にはなかなか馴染《なじ》めなかった。そんな気持ちは久野にも伝わるのだろう、彼女は私につらくあたった。まるで久野が来て父の人間が変わってしまったように、父は私に冷たくなった。

その父が寝室の鴨居《かもい》に帯をまわし首を吊ったのは半年後であった。残ったのは莫大《ばくだい》な借金だった。

老舗《しにせ》「麻生」は他人の手に渡った。そのショックから祖母が倒れ、そのまま息をひきとったのである。

幼い時に死んだ母との思い出は少なかった。浅草の観音様《かんのん》の境内《けいだい》を母に連れられ歩いた記憶だけである。鳩《はと》が一斉に飛び立った時、母の袖《そで》にしがみついたことを覚えている。知らない男の人に何かもらった記憶だけが鮮明にある。それが何だったのか分からない。

それ以上に、父との交流もはかないものだった。父は私には冷たかった。

母の形見といえば、成田山《なりたさん》のお守り袋と黄色く変色した母の写真だけだった。不思議なことに父の自殺に対してはどこか醒《さ》めた目があるが、私の中には若いままの母が生きている。

平和な麻生家を襲った突然の不幸。私は時々、母の自殺と父の自棄《やけ》ぎみな生活の裏に何かあるのではないかと考えることがある。

父が自殺し、「麻生」がつぶれた時、逃げるように姿を晦《くら》ました継母を恨《うら》む気持ちはない。彼女が現在、どこでどんな暮らしをしているのか私には興味もない。しかし、彼女に会えば、父や母の自殺の原因がわかるかもしれないと思ったことは度々《たびたび》ある。

沢木検事は、雑誌「芸術文化」を閉じると、立ち上がって窓辺に立った。日比谷《ひびや》公園の緑が雨に打たれていた。

自分の感じたもどかしさが、おぼろげながら形をなしてきたような気がする。といっても、まだはっきりとした正体《しょうたい》は分からない。

沢木は読み終わったばかりのエッセイの内容を頭の中で反芻《はんすう》した。

藤城の母千佳の自殺の状況と今回の江美の犯行には共通することがあった。

まず、事件の起きた時間に関係者が料亭にいたということである。川島房夫殺人未遂事件では、妻江美は料亭「築地」で画家の藤城と一緒だった。一方、藤城の母が死んだ夜、父親は芸者菊野と浅草の料亭「富弥」にいたのである。

その日は朝から雨だった。薄暗い取調室で、沢木は川島江美を取り調べた。

江美は二十九歳ということだが、心労からだいぶ老《ふ》けて見えた。化粧をしていないせいか、蛍光灯の明かりに照らされた彼女の横顔には、諦《あきら》めのようなものが見えた。人生に対する絶望である。

「あなたと藤城啓一とは、どの程度の間柄なのですか？」

沢木は太い眉《まゆ》を寄せてきいた。

「お客さまです」

「ただそれだけですか？」

「…………」

「もし、今回の犯行が成功したら、あなたは藤城啓一と一緒になるつもりではなかったのですか？」

自分でも意地の悪い質問だと思う。しかし、真実を探るためだと、沢木は自分に言って聞かせた。

「藤城さんと？　いいえ、あの方には奥さまもお子さんもいらっしゃいます。結婚などできるはずがありません」

　静かな口調だった。

「いや結婚しなくとも、愛人として暮らせるかもしれませんね。藤城氏は前途有望な画家なのでしょう？」

「私はそんな女じゃありません。確かに、藤城さんが好きです。でも、あくまで芸者と客の関係だけです」

　江美は涙を流した。その涙を見て沢木は胸が痛んだ。しかし、感情を捨てて、

「あなたがそう思っていなくても、彼の方は真剣だったのかもしれませんね」

「そんなことはありません」

「彼は奥さんとうまくいっていないという噂なんですがね。だから、あなたと遊んでいたんじゃないんですか？」

「藤城さんは奥さまの話はしません」

　沢木は、「芸術文化」を手に取り、

「この雑誌は、藤城からもらったということですが、いつですか？」

　と、きいた。

「今年の初めです」

「藤城はこのエッセイの内容について何か言ってましたか？」

江美は言い淀《よど》んだ。

「どうしました？」

沢木は返事を迫った。

「はい……。九年の間待ち望んだ子を置いて死ぬ母親がいるだろうか、と言いました」

「母親の自殺の疑問を口に出したのですね？」

「はい」

「彼は母親の死についてどう言っていたのですか？」

沢木はたたみかけた。

「ひょっとして、母は殺されたのかもしれないと言っておりました」

「殺された？　誰に？」

「それは言いませんでした」

藤城は母親が殺されたと思っている。

（母親の死は、実は他殺だった）

そうだ、と沢木は内心で叫んだ。

川島房夫殺人未遂事件では、ガス漏れに気づいた人間が警察に通報したため房夫は助かり、犯罪が発覚したのである。もし、誰も気づく者がいなかったなら、犯行は、成功し、房夫の死は事故死か自殺として処理されたかもしれない。

（通報者だ！）

喉《のど》にひっかかった魚の小骨がとれたような気がした。

なぜ、通報者はアパートの管理人に知らせず、警察に電話をかけたのか。警察はこの通報者を探したが、見つけることができなかった。警察はアパートの住人や近所を聞き込んだが、通報者は出なかったのである。

その日の午後、沢木は藤城を取り調べた。

頬がこけ、だいぶ憔悴《しょうすい》しているように思えた。黒いセーターのラフな恰好で、藤城は沢木の前に腰を下ろした。

「事件のあった夜ですが、十一時五分頃、ガス漏れの通報が警察にありました。不思議なことに、警察がこのお手柄の通報者を探したのですが、見つからないのです」

「………」

「通報者は男の声でした」

と言って、沢木は藤城の表情を窺った。藤城が沢木の視線を外し、殺風景《さっぷうけい》な壁に目をやった。

沢木は「芸術文化」を広げ、

「このエッセイに書かれた事件、つまりあなたの母親の自殺ですが、今回の事件によく似ていますね」

「……」

「母親は自殺でなく殺されたんだと、あなたは川島江美に言いましたね？」

「……」

しばらくして、ようやく藤城が顔をあげた。

「私は大人《おとな》になるにつれ、母の自殺が信じられなくなっていきました」

藤城が口を開いた。

「母の死から一年後に自殺した父のことを考えあわせ、何かあるに違いないと思うようになったのです」

藤城は息をついてから続けた。

「父と久野がつるんで、母を殺したのではないか。それは恐ろしい想像でした。父の麻生真一郎は、芸者の久野という女性を愛していたんです。真一郎は久野と企み、浅草の料亭『富弥』でアリバイを作り、こっそり『麻生』に行って、母に青酸カリを飲ませたのではないか。私はこう考えるようになりました」

「…………」

「しかし、私はこのことは誰にも言わないでおきました。しかし、私の絵がN展で入賞し、その直後、出版社のほうから『芸術文化』に自分の原体験みたいなものをエッセイに書いてほしいと頼まれて、あのような雑文にまとめたのです。しかし、すべてを書けるものではありません。それで、あのような形となったのです」

藤城は深く息を吸った。

「最近、妻との仲がうまくいかなくなり、私は救いを市子に求めたのです。しかし、市子の悩みを聞くうち、私は自分が父の立場に置かれていることに気づいた。母の死の真相から犯行のヒントを得たのは事実です。あの通り、実行すればけっして警察には分からないと思いました。あの夜、彼女が『築地』から抜け出した後、私はひとりで長い時間を過ごしました。人間というのは、あんなに緊張し、神経が昂った状態だと、いろんなことが考えられるものなのでしょうか。私は布団の中で暗い天井を見つめている時、二十八年前のことが蘇《よみがえ》ったのです。母が死んだ夜のことです……」

藤城は苦しそうに眉をひそめ、そして、気を取り直したように口を開いた。

「母が死んだ夜、私は夢心地に母の温もりを感じたのです。もし、母が殺されたのなら、私の頭をなでていったのは母ではないことになります。では、あれは夢だったのか。いえ、確かに私には意識があるのです……」

「………」

「その瞬間、私はほんとうに母千佳の子供だったのだろうか。そんな疑問が浮かびました」

沢木は藤城の意外な言葉をじっと聞いた。

「母は体の弱い女性でした。結婚してから九年間も子供ができず、麻生家の中で肩身のせまい思いをしたそうです」

「………」

「母は子供のできない体だったのではないか。私はそう考えました」

藤城の声が少し高くなった。興奮しているようだ。

「じゃあ、私の母は誰なんだ。私は自問しました。そして、このような結論に達したのです。母が子供の産めない体と知って、父は麻生家の跡取りを作るため、久野に子供を産ませたのです。生まれた子供は麻生家で引き取ることを条件に、大金を久野に与え子供を作らせたのです」

「あなたは久野という女性の子だというんですか?」

「そうです。久野は代理母だったのです。しかし、五年経ち、久野は自分の産んだ子供がいとおしくなった。子供の将来を考えれば芸者の子より麻生家の方がいい。それで、久野は母を殺し、父の後妻に収まったのではないか……」

「………」

「父は後妻として久野を迎えた後、酒浸りになり博打にも手を出しました。生活が荒れていきました。すべて久野のせいなのです」

藤城は顔を上げた。目が光っていた。

「もし、久野が私の実の母なら、私は母と同じ犯罪を行うことになります。そう思うと急に恐くなったのです」

「それで、警察にガス漏れを通報したのですか?」

「彼女を殺人者にしてはいけないと思ったんです。それで、夢中で部屋を飛び出し、電話をかけました」

沢木は谷本検察事務官に二十八年前の事件の資料を取り寄せさせた。

「検事さんは何を調べようとしているのですか?」

年長の検察事務官は資料を差し出す時、若い沢木にきいた。

「だいたいの事件の全容も把握できたんですが、まだ何かひっかかるんですよ。それが何か、歯がゆいくらいわからないんです」

その記録は大体において、藤城の申し立てと大差はなかった。藤城は、「麻生」が倒産後、当時浅草署にいた池田《いけだ》という警部の世話で、大学教授の藤城家にもらわれていったのである。


記録を閉じた後、沢木は谷本にきいた。

「この池田という警部の消息《しょうそく》は？」

「池田警部は三年前に亡くなられたそうです」

谷本はそう答えた後、

「当時、浅草署にいた早瀬《はやせ》という元警部補は池田警部のことをよく知っているらしいですよ」

と、付け加えた。

「早瀬という人の住所は？」

「これです」

と言って、谷本がメモを差し出し、

「しかし、このことが今回の事件と、どう関係があるのでしょう？」

「わかりません。しかし、少しでも気にかかることがあると、調べないとすまない性分《しょうぶん》なんです」

と言って、沢木は笑った。

4

翌日、沢木は池田警部の元部下だった早瀬を台東区根岸《ねぎし》の家に訪ねた。

早瀬は三年前に警視庁を退官し、現在は根岸の商店街で小さな雑貨屋を開いている。

沢木は奥の茶の間で、早瀬と向かい合った。すっかり商売が板について、元警察官だとは信じられないほど穏やかな人柄であった。

老妻が店番を代わってくれた。

「池田警部は人情味あふれた人でしたね。仏様のような人とは、あの人のような人を言うのでしょうね。自分が逮捕した犯人の家族を、刑期が終わるまで面倒みたりしていました」

と懐かしそうに早瀬は目を細めた。

「麻生家の子供を養子にやる世話をやいたのもそうです」

「池田警部が麻生の家と接触があったのは、どういう関係からなんですか？」

沢木の質問に早瀬は唇を微《かす》かに震わせた。

「当時、池田警部は浅草の観音様の境内《けいだい》裏で殺された神部純夫《かんべすみお》という男の捜査にあたっていたのです。神部は当時、三十六歳で暴力沙汰《ざた》で五年服役し出所したばかりでした。警察は暴力団員同士による喧嘩で殺されたとみていました。しかし……」

「………」

「池田警部は独自に動いておられました」

「それを話していただけませんか？」

「警部が神部殺しの犯人としてマークしていたのは麻生真一郎だったのです」

「麻生真一郎ですって！」

沢木は思わずきき返した。

「なぜです。なぜ、池田警部は麻生真一郎を神部殺しの犯人とにらんでいたのでしょう？」

「わかりません。警部は詳しく話してくれませんでした。まだ証拠があるわけじゃないと言って……」

早瀬の家を出た時にはすっかり夕闇になっていた。商店街は買い物客であふれていた。

沢木は表通りに出てタクシーを拾《ひろ》い、浅草に向かった。

スナックや小料理屋の並ぶ街並みに、料亭の黒い塀が続く。沢木は見番に寄って、久野のことについて尋ねた。すると、年配のすみ子という芸者が確か今年、久しぶりに年賀状が届いたと言って、近くのアパートまで取りに行ってくれた。その芸者は、久野の現住所を書いた紙切れを手に握っていた。

福井県のA温泉であった。日本海近くである。

沢木は迷った末、A温泉に出掛けた。確信があることではないので、自分で調べることにしたのである。

新幹線の座席に座りながら、沢木は窓の外に目をやって頭の中を整理していた。東京駅を出発した時は曇《くも》り空だったが、窓ガラスに雨が打ち付けていた。米原《まいばら》で北陸《ほくりく》線に乗り換え、A温泉に着いた時は、もうすっかり夜になっていた。

温泉街の中心から外れた寂しい路地に、ぽつんと赤い提灯《ちょうちん》が下がっていた。暖簾《のれん》は擦《す》り切れて、店の中はカウンターだけの小さな一杯呑み屋であった。

沢木は紺の暖簾をくぐった。店には誰もいなかったが、気配がしたのか、奥から女将が出てきた。五十代前半だろうか。濃い化粧だった。唇は真っ赤である。

「大宮《おおみや》久野さんですね」

沢木はきいた。

久野はじっと沢木を見つめていた。怪訝《けげん》そうな表情を作った。

「浅草の見番で、すみ子さんに聞いてきました」

久野は不審そうに表情を曇らせ、

「あなたは誰なんですか？」

と聞いた。

沢木は検事の肩書きの入った名刺を渡した。

「検事さん……」

名刺を指先で弄《もてあそ》びながら、久野が言った。

沢木は客のいないカウンターの真ん中に座った。

「藤城啓一さん、麻生啓一さんを御存知ですね？」

久野は警戒するような目付きになった。沢木は相手の顔をじっと見つめてから、鞄《かばん》の中から雑誌を取り出した。

「これをご覧になったことがありますか？」

久野は雑誌を一瞥《いちべつ》しただけで、

「ありません」

と、無愛想《ぶあいそう》に答えた。

「そうですか。これは、藤城さんが、自分の両親の自殺した事件について書いたものです。この中にあなたのことも出ているんですよ」

「…………」

「あなたが、なぜ『麻生』に来たのか、なぜ『麻生』から姿を消したのか……」

「そんなことをきいて、どうなさるのです？」

久野が強い調子で言い返した。少しためらってから、

「千佳という女性は自殺ということになっていますね」

久野は恐い表情で沢木を見つめ、

「何が言いたいの？」

「啓一さんの母親の死の真相です」

「…………」

「千佳という女性はほんとうに自殺だったのでしょうか？」

「…………」

「真一郎はあなたにほれていた。そして、あなたは麻生の家に入りたかった。それで、あなたは真一郎と共謀して母親を自殺に偽装して殺した！」

久野は煙草を口にくわえた。真赤なマニキュアの指に挟《はさ》まれた煙草が微かに震えた。

「少なくとも、藤城啓一はそう思っているんですよ」

煙草が短くなった時、久野は、

「その通りだと答えたら、あなたは満足するんですか？」

沢木は返事に詰まった。

「昔のことは忘れました。さあ、そろそろお店を開く時間です。帰ってくれませんか」

久野が冷たく言った。

「啓一さんはほんとうの母親はあなただと思っています」

すると、突然、久野が笑い出した。

「冗談じゃないわ。私には子供はいませんよ。啓一は千佳さんの子供です」

「ほんとうですか？」

「私が嘘をついて何の得があると言うの。もし、私の子供だったら『麻生』を出る時、連れていきましたよ」

「神部純夫という男を覚えていらっしゃいますか？」

「神部……」

「浅草寺の境内の裏で殺された男です」

久野があっと短い声を出した。

「その神部殺しが麻生真一郎だったというのはほんとうですか?」

久野は恐い顔をして沢木を見つめ、

「あなたは、なんでそんな昔のことを調べているのです?」

と、強い口調で言った。

「ある事件の参考のために調べているのです。啓一さんが関係している事件です」

久野の口が微かに動いた。

「ほんとうのことを教えて下さい。お願いします。これは大切なことなんです」

5

東海地方の梅雨《つゆ》も明けたというニュースが届いた。その日も蒸し暑い日であった。

沢木は藤城を検事室に呼んだ。

「あなたの母親が自殺する数日前、浅草の浅草寺裏の境内で神部という男が殺されているんですが、御存知ですか?」

「…………」

「警察は、神部が暴力団員によって殺されたものとみて捜査していたんです」

沢木は静かに言った。藤城はじっと沢木の言葉を聞いていた。

「ところが、捜査本部の中でひとり池田警部だけが別な意見を持っておりました」

「別な意見？」

藤城は居住まいを正した。

「池田警部は神部の交友関係を洗ううち、千佳という女の存在に気づいたのです」

沢木は相手の目を見つめて、

「神部とあなたの母親は恋人同士だったんですよ」

と、極めて事務的に言った。

「麻生家の長男真一郎は裏長屋に住んでいた千佳という女性を見初《みそ》めたのです。千佳の家の生活は貧しく、食うや食わずの生活が続いていた。千佳は家族のために『麻生』に嫁《とつ》ぎました。その時、千佳には結婚を約束した恋人がいた。それが神部です」

「………」

「麻生家に嫁いだが、千佳の心には恋人が棲《す》みついていたのでしょう。真一郎はそんな千佳に不満を覚え、料亭に入り浸ったりしたのです。生まれつきの道楽者のせいもあるのでしょうが……」

藤城はうつむいて聞いていた。

「結婚して九年目に千佳は子供を産みました。それがあなたです。その前年、神部は傷害事件を起こし服役しています」

「…………」

「五年後、神部が出所しました。刑務所を出てきた神部は恋人の千佳に会いにきたのです」

藤城の目を見つめながら沢木は続けた。

「神部は自分の子供に会いたかったのです」

「どういうことです？」

煙草を口に運ぶ手を止め、藤城がきいた。

「千佳は神部が服役する直前、過《あやま》ちを犯《おか》しました。その時、子供ができたのです。それがあなたです」

「ば、ばかな」

藤城が口をはさんだ。

「麻生真一郎には子種がなかったんです」

「…………」

「真一郎があなたをほんとうの子ではないと気づいたのは、自分に子種がないと知ったからなのです」

「…………」

「千佳と真一郎の間に子供ができなかったのは、真一郎に原因があったのであって千佳のせいではなかった」

藤城は憮然《ぶぜん》とした表情だった。

「神部のことを真一郎に告げたのが久野です。久野は千佳が恋人と密会しているのを目撃したんです」

「…………」

「池田警部は、神部殺しの真犯人は真一郎だとにらんでいたのです。しかし、物的証拠はないうえアリバイがあった。神部が殺された時刻、芸者の久野が真一郎と一緒だったと証言したのです」

「…………」

「池田警部は千佳にこっそり会った。それが自殺する二日前のことでした。千佳は神部との仲を否定しました。しかし、真一郎が神部殺しの犯人だという池田警部の話に強い衝撃を受けたようです。もし、真一郎が殺人犯として捕まれば『麻生』はどうなるのか。家や使用人たちのことも考え、それ以上に、子供のことを考え、千佳はすべてを否定したのです」

「………」

「真一郎を殺人に追いやったのもすべて自分の責任と、千佳は考えたのです。千佳が神部の子供を産んだことがすべての不幸のはじまりだったのですから……」

「………」

「千佳の死により、神部殺しの捜査は暗礁《あんしよう》に乗りあげた。真一郎の犯行を立証できなくなりました」

「………」

「真一郎は千佳の死後、久野を後妻に迎えたが、暮らし振りはいっそう荒れました。殺人、そして妻を自殺に追いやった良心の呵責《かしやく》から、真一郎は苦しんだのです」

「………」

「真一郎が死んで、間もなく老舗『麻生』が人手に渡りました。あなたが真一郎の子でないことは親戚の者はわかっていたのです。久野が告げたからですよ。だから親戚の人間はあなたを引き取らなかった。見兼ねて、池田警部は養子先を探したのです」

「………」

「池田警部がそこまでしたのも、千佳に対して同情したからじゃないでしょうか?」

沢木はふいに話題を変えた。

「先日、あなたのアトリエに行って奥さんに会ってきました。なかなか綺麗《きれい》な女性ですね」

藤城は戸惑ったような表情を作った。

「あなたの部屋の壁に絵が飾ってありましたね。観音様の境内で母が小さな男の子の手を引いて散歩している絵です。その母子を傍《かたわ》らで若い男がじっと見つめている。そんな絵でした。女の表情は何とも言えない悲しみを含んでおり、若い男の目には慈愛《じあい》のようなものが表れていました。私はあの絵を見た瞬間、胸を打たれました」

「…………」

「あの絵は、あなたが覚えているただひとつの父親と会った記憶を描いたのですね」

だいぶ陽がかげってきた。沢木は大きく息を吸ってから、

「あの絵は二年前の作品だそうですね」

と藤城の顔を正面から見つめた。

「あなたは先日、久野が自分の母親ではないかと疑っている、と言いましたね。しかし、ほんとうは自分が神部という男と千佳の子供だということを知っていたんじゃありません

か？」

沢木は強い口調になった。

「五年前に『芸術文化』に『私の原風景』というエッセイを発表した後、池田警部があなたを訪ねたのでしょう？」

藤城の顔色が変わった。

「池田さんは当時、肺ガンで余命いくばくもないと知っていたんです。だから自分が生きているうちに真相を話しておくべきだと考えたんでしょう」

「…………」

「あなたは自分の親のことを知っていた。知っていながら、なぜあんな嘘をついたのか。私はそれが不思議でした。久野が親ではないかと訴えたあなたの真意はどこにあるのか」

「…………」

「それは父親による神部殺しの犯罪を隠すためです。表面に表れた以外の犯罪を知られないように、あなたは必死だったのです」

沢木は相手の表情を窺いながら、

「なぜ、神部殺しを隠したのか。それはあなたがもう一つの犯罪に関わっているからです」

沢木はひと息ついてから、

「私はこの事件にはじめて関わった時から、何かひっかかるところがあったのです。それはあなたのアリバイだったんです。あなたは江美のアリバイを証明する役目だった。しかし、あなたにはアリバイがないんです」

沢木は思わず大声を出した。

「六月二十日夜、川崎市内に住む亀田《かめだ》という青年実業家が自宅のマンションの押し入れの中から絞殺死体で発見されました。死後、一週間です。たまたま訪ねた友人が発見して警察に連絡したのです。犯人は未だにわかりません。しかし、この事件とあなたを結びつける女の存在に気づきました。亀田のマンションに時々女が訪ねていました」

藤城の顔は蒼白《そうはく》になっていた。

「その女は奥さんだったのです」

「………」

「あなたは奥さんが亀田と付き合っていることを知って殺したのです。あの夜、江美が料亭を出た後、しばらくしてあなたも部屋を抜け出した。そして、近くに用意してあった車で川崎市内の亀田のマンションに行きました。おそらく亀田には妻のことで話があると伝えておいたのでしょう。あなたはマンションに行き、亀田の隙《すき》を見て首を絞めたのです。

そして再び車で料亭に戻ったのです。その途中、警察に電話をして川島房夫のアパートのガス漏れを通報したのです。もし、江美が房夫を殺した場合、あなたも江美の共犯として殺人ほう助罪に問われかねない。だから、あくまでも、殺人未遂事件の共犯者でなければならなかったのです」

沢木は一気に言った。

「しかし、亀田が殺されれば、真っ先に奥さんがあなたを疑う可能性が強い。自分の愛人が死んだ夜、夫が別の事件に関わっている。奥さんは不審をもつのではないか。そこで、あなたは奥さんに対するアリバイを作った。それが、あのエッセイを利用することだったのです。あなたが江美に加担したのもすべて母親への思いからだというように装《よそお》ったのです。さらに、久野は自分の母であり、千佳という女を殺したのだとすることで、あなたの共犯行為に必然性をもたせたのです。あなたは母親の過去の事件を利用して、奥さんの目から逃れようとしたのです。恐かったのは警察ではなく、奥さんの疑惑だったのです」

沢木は声を高めた。

「私ははじめからあなたの行動を不自然に思っていました。それが、A温泉街で呑み屋をやっている久野に会い、神部殺しの真相をきいて、あなたの企みがわかったのです。神部殺しはあなたのエッセイの中の隠し絵でした。もうひとつの犯罪、そういった目で今回の事件を振り返ったのです。あの事件はあなたの別な事件のアリバイになっているのではないかと思ったんです。それで、あの時刻に死んだ人間を調べてみたら、亀田という男のことがわかったんです。私は、亀田が付き合っていた女と、あなたの奥さんを結びつけました。しかし、よほどうまく交際していたのでしょう。その証拠は見つからなかった。そこで、あなたの奥さんに直接会って確かめたのです。私の推理を聞いて、奥さんはびっくりしていましたが、亀田との仲を認めましたよ」

藤城が沢木検事の前ですべてを自供したのは、事件から一カ月後のことだった。

──私は妻と愛し合って結婚しました。妻は私の才能にほれて結婚したのです。亀田は私の絵を買ってくれた客でした。そんな関係で妻とも顔馴染みになったのです。ところが、亀田は妻に手を出したのです。妻も金のある青年実業家に夢中のようでした。ある日、私は自分の子供が私に似ていないような気がしました。いったん疑うと、その思いはふくらむ一方です。血液型では矛盾《むじゅん》はありませんでしたが、亀田も私と同じB型と知ってよけいに疑惑を持ったのです。私は思い立って病院である検査を受けたのです。その結果、私には子種がないということが分かりました。子供は亀田の子に違いありません。私はカッとしました。亀田が私の愚かさを陰で笑っているのかと思うとたまらなくなりました。このままでは創作活動もできません。それで、私は亀田を殺害することを計画しました。私は亀田のことに何も気づかないふりをしてきました。しかし、亀田を殺せば妻に疑われると思いました。それで、妻に対するアリバイが必要になったのです。私の計画では警察に疑われない自信がありました。妻と亀田は秘密の交際をしておりますし、私と亀田を結びつけるものはありません。それに、私は殺人未遂事件の協力者なのです。ですから、私は妻だけに気をつければよかったのです。妻は私の犯行に気づけば、必ず私を警察に訴えるでしょうから――

絵の証言

1

〔小糸繁児《こいとしげじ》評伝――文芸部　深田義郎《ふかだよしろう》〕

これは、三年ほど前に「美の世界」という雑誌に掲載された異端《いたん》の画家、小糸繁児の評伝の抜粋《ばっすい》である。なお、この雑誌はすでに廃刊になっている。

――小糸繁児という画家の評価は二分されるだろう。あるものは、彼を天才と評し、ある者は、異端分子と評する。このことは、彼の作風を見ればうなずけることである。

小糸繁児が注目を浴《あ》びたのは、彼が三十歳の時、A展に入賞してからだった。それまで、彼はどの美術団体にも属さず、あまり美術展にも参加していなかったため、世間には名を知られていなかった。

小糸繁児は下町を描くことの好きな画家であった。晴れ渡った冬の、凍《い》てついた隅田川に浮かぶおわい船の絵。正月の七福神詣《もう》でで賑《にぎ》わう長命寺の境内。あるいは、花柳界《かりゅうかい》の街並み。隅田川の桜の散り際。夏の花火。四季それぞれの表情をとらえ、カンバスに鋭《するど》く描いた。

それだけなら格別な驚きはないが、どの絵にも共通しているのが描かれた人物の表情だった。人物の顔は皆、苦悶《くもん》に満ちている。それも人間の顔とは思えないほど皺《しわ》だらけの顔と手だった。たとえば、おわい船の舳先《へさき》に端然《たんぜん》と座っている人物の顔は、まるで老いた猿のようであり、桜の下で酒盛りをしている男の顔は拷問《ごうもん》にあっているように苦痛に歪《ゆが》んでいた。夏の夜空に大輪を描いた花火を見上げる群衆の中に、恐怖にひきつった顔が見える。

初めて繁児の絵を見た時、正直なところ、私は不快感を持った。その絵の中にある狂気と言うべきか、破滅と言うべきか、あるいは怨念《おんねん》と言うべきか、それらの入り混じった不可思議な思いにとらわれたのである。ところが、呪縛《じゅばく》にあったように意思と無関係に、目だけはその絵から逃れることができなかった。それは、人間の見てはならない、触れてはならない何かに出会ったような驚きであった。

繁児の絵を評価する者は、そこに人間の本質を見つけ、全面的にけなす者は、その部分に醜悪《しゅうあく》さを見るのに違いない。

私にはその両極端の意見が、ともに当たってしまっているような気がした。

彼が、なぜあのような破滅的な絵を描くのか、私はそれを彼の出生の秘密から探ってみた。

繁児は戦後まもなく、足立区小台《おだい》の長屋で生まれた。都電荒川線の小台という駅で降り荒川方面に向かった途中の路地を入った場所である。

私は繁児の生まれた辺《あた》りを歩いてみた。今は家々が密集しているが、繁児の子供の頃は空地が多く、道端にはタンポポが咲き、夕焼けが西の空を真っ赤に染めていたことだろう。

病弱だった繁児は近所の子供が路地でビー玉やベーゴマやメンコをして遊んでいる時、家に引き籠《こも》って絵筆で遊んでいた。物心ついた時から、繁児は絵筆を握っていたのである。六畳と四畳半の家。その四畳半の部屋には絵具、パレット、筆、油壺《あぶらつぼ》などがあった。それは、母親が買って繁児に与えていたのだった。

繁児には父はいなかった。つまり庶子《しょし》だった。母親は芸者だったのだ。母は父親のことを話そうとはしなかったようだ。ただ絵を描かせるのみだった。そして、美術展があれば、繁児を連れていった。しかし、母は決まって一つか二つの絵しか見せなかった。

初めは意識しなかった繁児も、毎回のことになると、あることに気づきはじめた。母はある特定の画家の絵しか見せないのだ。その画家とは、後に大家と言われるようになった佐伯竹次郎《さえきたけじろう》であった。

なぜ、繁児の母は佐伯竹次郎の絵のみ見せるのか。そのことを問うと、母親は、

「佐伯竹次郎があなたの目標です。佐伯の絵からだけ学べばよろしいのです」

と、頑固《がんこ》なほど佐伯竹次郎に固執《こしゅう》した。

母親は、繁児をどの美術団体にも属させようとはしなかった。

私はこのエピソードを知った時から、ここに繁児の絵の秘密があるように感じた。つまり、母親の存在である。

母親はすさまじい執念《しゅうねん》でもって、繁児に絵を描かせた。それも、誰にも師事《しじ》させず、ただ佐伯竹次郎の絵のみ見せたのである。繁児の絵に表れているあの怨念や怒りは、母親の思いそのままではなかっただろうか。

母親は繁児が二十歳の時に亡くなったが、その母親の執念が、逆に繁児の絵を異端児扱いさせている要因であった。もし、繁児の絵から、その怨念が消えたら、素晴らしい作品になるだろう。それは、私ならずとも、繁児を低く見る評論家にしても同じ考えであった。

ここに面白い現象がある。繁児の作品をけなす人物の筆頭に佐伯竹次郎がいる。御存知のように、佐伯竹次郎は近来めっきり寡作《かさく》になり、ますます大家の風格をそなえつつあり、美術界でも発言力の大きい画家である。その佐伯竹次郎は小糸繁児をこきおろしている。所詮《しょせん》は亜流《ありゅう》である、単なる模倣《もほう》に過ぎない、など繁児を徹底的にやっつけている。それは、繁児が自分の絵から学んだことを知ってのことだろう。

しかし、ついに、繁児にそれを克服《こくふく》する日が来たのだ。

それが、相田早苗《あいださなえ》との出会いであった。すでに繁児には妻がいたが、早苗との愛は真剣であった。

繁児が早苗と知り合ったのは、三十歳頃のことだった。当時、彼女は美術学校を卒業したばかりだった。繁児の絵にほれこみ、繁児のアトリエに押しかけ弟子入りを願ったのであった。

早苗は派手な顔だちで、濡れたような唇は官能的でさえあったが、日本的な女であった。

繁児は彼女に一目惚《ひとめぼ》れしたのだ。

早苗も画家志望であったが、彼女の絵は何かに欠けていた。つまり、観るものの心に訴えかける何かだった。彼女はそれを繁児から得ようとしたのだろう。

早苗は毎日のように繁児のアトリエにやってきては繁児を手伝い、そして空いた時間に自分もカンバスに向かった。

お互い愛情をもつまで、さしたる時間はいらなかった。

この早苗との出会いが、画家として繁児を大きく成長させたといえるだろう。

それから、繁児は妻と愛人のはざまで、異能とも言える才能を開花させていったのだ。

ある美術評論家が、繁児をこう評した。

〔絵画が芸術的に評価されるには、作者の主張がなければならない。つまり、描き手の意思といったものである。小糸繁児描くところの一連の作品の根底《こんてい》にあるのは生と死である。たとえば、春を題材にとり、背景に春の喜びをうたいあげる桜なら、そこに登場する人物はみな苦渋《くじゅう》に満ちている。ところが、雪にうもれた隅田川に描かれた船の上の女の顔は美しい笑みをたたえている。つまり、風景が生の喜びをうたいあげれば、人物は死と面と向かった人間なのである。人はあるいは破滅的と言うかもしれない。しかし、最近の作品には、そこにかえってある種のエロチシズムさえ感じる。時にはエクスタシーさえ感ずるのだ……〕

これが、二人の関係を知ったうえでの批評であることは言うまでもない。

やがて繁児は佐伯竹次郎を凌駕《りょうが》するのではないか。そういった声が徐々《じょじょ》に湧《わ》きあがってきていることは事実である――

2

日暮れの早さに晩秋から初冬にさしかかったことを実感するが、よく晴れて穏やかな日和《ひより》は、まだ寒いというほどでもなかった。しかし、さすがに夜になると冷えびえとして澄んだ空気が、街の灯を寂しく静かに映しだしていた。

夜風が冷たい空気を含んで肌寒さを感じさせる初冬の夜、文京区《ぶんきょうく》千駄木《せんだぎ》にあるマンションの四階の一室から、大きな物音とともに激しい悲鳴があがった。

驚いて廊下に飛び出した住人は、その悲鳴が画家の小糸繁児の部屋から聞こえたことに気づいた。しかし、その部屋の前に立った時、急に静かになったので、かえって住人は不安になった。

住人のひとりがインターホンで呼びかけたが、応答はなかった。

隣家の主婦が、管理人に知らせた。管理人は合鍵を持って、あわててやってきた。

管理人は他の住人と顔を見合わせ、合鍵で扉を開けた。

「小糸さん、どうかなさいましたか？」

と、声をかけながら部屋に入ると、部屋の真ん中で、髪の毛を乱した女が茫然《ぼうぜん》と立っていた。顔から胸にかけて血だらけだった。だらりと下がった手に柳刃包丁《やなぎばぼうちょう》が握られていた。女の足元に、小糸繁児が胸を真っ赤に染めて倒れていた。女は繁児の愛人、相田早苗であった。

警察に通報したのは、隣室の主婦である。その主婦は警察官の質問に次のように答えている。

〔ちょうど、夕食の後片づけを終えて、居間で子供たちとテレビを見ている時、キャーという女の悲鳴が聞こえたのです。それから、大きな物音がしました。八時半ぐらいだったと思います。私は驚いて、廊下に出ました。他の住人の方もいっしょになって、小糸さんの部屋の扉を叩《たた》きましたが、応答がありません。それで、管理人さんを呼んでいっしょに室内に入ったのです――〕

刃物は心臓部に突き刺さっており、小糸繁児は病院に運ばれる途中、息が絶えた。

相田早苗は興奮していて、事情聴取ができたのは翌朝であった。

〔私は六年前から小糸繁児さんと愛人関係にありました。しかし、あの人には奥さんもいらっしゃいますし、結婚したいと思ってもかないません。どうせ結婚できないのなら、あの人を殺し、自分も死のうと思ったのです。でも、あの人の胸から血が出てくるのを見て、死ぬのが恐くなったのです〕

つまり、早苗の無理心中ということである。

警察は早苗をさらに追及した。それは、無理心中と訴えたのは、情状をよくするための自己弁護ではないか、と考えたのである。というのは、最近、繁児が精神的に落ちこんでいたという証言もあったからである。

早苗には別に愛人がいるのではないか。そうなると、事件の見方も違ってくる。

しかし、早苗には繁児の他に男はいないようであった。また、早苗が繁児に殺意をもつ理由も浮かばなかった。それ以上に、もし繁児を殺すつもりだったとして、無理心中を偽《ぎ》装《そう》したわけがわからない。無理心中であれば、当然、殺人の罪に問われるからである。

警察は、早苗の無理心中事件という結論を出した。

日暮里《にっぽり》の自宅にほとんど帰らず、繁児は千駄木のマンションをアトリエとし、早苗と半同棲生活を送っていた。

マンションの住人は、早苗が毎日のように訪ねてくることを知っており、三角関係のはての刃傷沙汰《にんじょうざた》ということは住人のかっこうの話題となった。が、住人の中には首をかしげる者も多かった。

これが、本妻が乗り込んできて事件を起こしたのならわかるが、早苗が事件を起こしたことが信じられなかったのだ。

小糸繁児は色黒で、額《ひたい》が大きく前に突き出しており、その分だけ目のふちが窪《くぼ》み、下唇《くちびる》がつき出て、まるで猿のような顔をしていた。どう贔屓《ひいき》めに見ても、早苗と釣合いはとれなかった。そんな男に、あの美しい早苗が結婚を迫ったのだろうか。画家仲間や早苗の友人たちも、この早苗の無理心中ということに、一様《いちよう》に首をかしげたのであった。

しかし、そこには他人のうかがいしれない複雑なものがあったのかもしれない。

所轄《しょかつ》署は相田早苗を殺人の容疑で東京地検に送致した。

相田早苗の事件を担当したのは、東京地検刑事部の沢木正夫検事だった。

沢木は、十年前に司法試験に受かり二年間の司法修習生時代を経《へ》て、検事になった。弁護士を目指す仲間の中で、はじめから、検察官になるつもりだった。

広島、高松とまわって去年から、東京地検に転任になった。おとなしい顔だちだが、目は輝いていた。

被疑者相田早苗の取調べは、朝から小雨の降る寒い日に行われた。送致書、実況見分書などを入念に読んだ上、早苗と接した。

初めて、早苗を見た時、なるほど美しい女だと、沢木は目を見張った。取調室の灰色の室内は、艶《あで》やかな花を飾ったように明るくなった。申しわけ程度の化粧と薄い口紅が、かえって女を感じさせるほどだった。

「あなたは警察で、無理心中を図り小糸繁児を刺したと供述《きょうじゅつ》していますね。このことに、間違いはないですか?」

沢木は、机の上に置いた手を組んだまま静かにきいた。

「そのとおりでございます」

早苗はうつむいたまま素直に答えた。洗いざらしのようなぼさぼさ頭が、目の前にあった。

「なぜ、心中など考えたのですか?」

「あの人には奥さんがいますし、結婚できません。それならいっそあの人を殺し、自分も死のうと思ったのです」

沢木は軽くうなずいてから、

「でも、奥さんと、ほとんど別居状態ですよねえ?」

「ええ、私のせいで……」

「あなたは、いつごろから結婚を意識しだしたのですか?」

「二年くらい前からです。私ももうすぐ三十になりますから、将来を考えると、どうしても結婚ということを考えてしまったのです」

沢木は首をかしげた。結婚を迫るような女にはどうしても思えなかった。現場の状況から言えば、早苗の自供で説明がつく。しかし、動機に納得できないものがある。

それに、このまま起訴しても、裁判で早苗が自供を翻《ひるがえ》したら、公判の維持が難しくなるだろう。沢木にはそんな危惧《きぐ》もあった。

沢木は動機にこだわった。目の前の女は、勾留生活《こうりゅう》でやつれているが、時々、はっとするような色香を感じさせることがあった。この女には、やはり、結婚できないために無理心中を図ったとする理由が似合わないような気がした。

被疑者にもいろいろある。あくまでも言い逃れをする強《したた》かな被疑者もいるが、沢木にとって難しいのは、自分を苛《いじ》める被疑者であった。罪の重大さに気が動転し、また、精神的ショックから罰《ばつ》を受けることで償《つぐな》おうとする被疑者であった。こういった被疑者は取調官の尋問《じんもん》に迎合《げいごう》し、その通り自供する。が、それが必ずしも真実を言い当てているとは限らない。

相田早苗もそういった人間に思えたのだ。

つまり、彼女は罰を受けようとする気持ちが強すぎるのだ。

〔検事さんは、ほんとうは弁護士の方が向いているんじゃないですかね〕

いつか、検察事務官の谷本が言ったことがある。

〔どうも犯罪者に甘いような気がしますがねえ〕

沢木は谷本にこう言った。

「検事だからと言って、罪人を作り出すことが仕事じゃありませんよ。真実をつきとめたい、それだけです」

谷本は、沢木が仕事が遅いという批判を耳にして、心配して言っているのだろう。確かに、沢木の処理能力は他の検事に比べて劣《おと》っている。それは、自分が納得いくまで事件を調べるからだ。

あとからあとから事件が発生し、検事の仕事は忙しい。手早く処理してしまえば、もっと効率はあがるに決まっている。しかし、それでは事実を見逃してしまう可能性がある。

刑訴法第一条に規定されている『事案の真相を明らかにする』ことが、沢木の仕事なのだ。それをないがしろにして起訴した場合、裁判で真実が明らかにされるという保証はない。そのまま判決が下る可能性の方が大きいのだ。裁判官の忙しさも検事以上だ。弁護人にしろ、被告人のためにどこまで力を入れるかわからない。

冤罪《えんざい》がまだ多く存在することを考えると、沢木は検事としての責任を感じないわけにはいかなかった。

「あなたの周囲の人々は、みな、あなたが繁児に結婚を迫っていたなんて信じられないと言っているんですがねえ」

沢木は、早苗の横顔に言った。

「私だって女ですわ……」

そう言って、早苗はうつむいた。瞬間に顔を上気させた早苗は、少しの恥じらいの中に大人《おとな》の女を感じさせた。思わず、沢木は目をそらした。

しばらく経《た》って、沢木はきいた。

「最近、小糸繁児さんは何かに悩んでいたという証言があるんですがねえ」

その声に、早苗は細い肩を一瞬震わせた。そして、沢木に訴えかけるように、

「検事さん、私が繁児を殺したことは事実なんです。なぜ、根掘り葉掘り、お調べになるんですか？」

と言った。沢木は彼女の顔をじっと見つめ、

「あなたには、小糸繁児と無理心中する動機がないからですよ。あなたは何かを隠している。それが何なのか、正直に話してください」

早苗はいやいやするように首を強くふった。沢木はその様子を見て、首をかしげた。この女は自分でも、事態が呑《の》みこめていないのではないか、と思った。

「もっと自分を大切にしなさい。さあ、あなたは何を隠しているんですか？」

早苗は顔をあげた。しかし、遠くを見ていた。切れ長の目のふちはさんざん流した涙が

たまったように、はれぼったくなっていた。

「あの人は最近、自棄《やけ》になったように酒を呑むようになりました。何かから逃れるように、お酒をあおっていました」

早苗の口からその言葉が吐き出されるまで、長い間があった。

「さあ、話してください」

沢木はうながした。ためらった末、ようやく、早苗はある告白をした。

「ほんとうは、小糸の方から無理心中を図ってきたのです」

そう言うと、早苗はいきなり机につっぷして泣き出した。事務官の谷本が驚いた目で見ていた。

沢木は早苗が落ち着くのを待った。

「小糸繁児があなたを殺そうとしたのですね?」

しばらく、早苗はぬけがらのように焦点の定まらない目をしていた。

「私……わからないのです。なぜ、彼が私を殺そうとしたのか……」

涙で濡れた顔をあげ、早苗が言った。

「あの日、夕方になって、繁児のアトリエを訪れました。繁児は電灯も点《つ》けず、ひとりで薄暗い部屋の中にいたのです。いつもと様子が違いました」

繁児が突然、襲ってきたのだ。右手に刃物を握っていた。早苗は繁児が狂ったのかと思った。夢中で繁児にしがみついて繁児を取り押さえようとした。だが、繁児の力に、早苗ははね飛ばされた。

「私はわけがわからず、必死に抵抗しました。あの人から刃物を取りあげようともみあっているうち、あの人の胸を刺してしまったのです」

3

沢木は小糸繁児の妻の久子《ひさこ》を呼んだ。細面《ほそおもて》で美人だが冷たい感じだった。

久子は地味な和服を着ていたが、顔色もよく元気なようであった。夫を失って日が浅いにもかかわらず、悲しみを過去のものにしているのだろう。

「私、不思議でしかたないんですよ」

久子がいきなり言った。

「早苗さんが繁児に結婚を迫ったなんて……。だって、私、繁児といつ別れてもいいと思っていました。だから、繁児に言ったことがあります。私と別れて早苗さんと結婚したらって。繁児は何も言いませんでしたが、早苗さんの方に結婚する意思がなかったようなんですよ」

「それはどうしてなんですか？」

「早苗さんは、繁児の才能にほれていたんですわ。自分の存在が繁児の絵にプラスになることで、喜びを覚えているのね。それは、きっと愛人という関係だから、プラスなのです。結婚してしまえば、その瞬間から、影響力がなくなってしまうでしょう。繁児には生活する上で妻が必要でしたけど、絵を描く上には愛人が必要でした。早苗さんはそのことを十分にわきまえていたのですよ」

久子はハンカチを口にあてながら話した。

「あなたと相田早苗は仲が良かったようですねえ」

「ええ、そうですわ。まあ、よそ様から見れば奇妙でしょうが、私たちは繁児を通して友情で結ばれていたんです」

愛人に夫をとられても、平然としている久子を不思議に感じた。

沢木は、言葉を改めて言った。

「ご主人、最近、何かひとりで悩んでいたようですねえ」

「…………」

久子は不安そうに沢木を見た。

「何か心当たりはありませんか？」

沢木は、久子の気の強そうな顔を見つめてきいた。久子は一瞬、怪訝《けげん》な表情を作った
が、すぐ口もとに手をあてて、

「あの人に死ぬ理由なんてありませんわ。まさか、検事さんは、私が主人をいびって自殺
に追い込んだと思っていらっしゃるんじゃありません？」

と、笑いながら言った。

「いいえ、そうじゃありませんよ」

あわてて、沢木は否定してから、

「つまり、創作上の行き詰まりということですよ。芸術家というものは繊細な神経を持ち
あわせているんでしょう」

「………」

「実は、ご主人の方から心中しようとしたと、相田早苗が自供したんですよ」

「なんですって！」

久子は眉《まゆ》を寄せて驚いて見せた。が、すぐに、目を遠くに向けた。

「どうかなさいましたか？」

考えこんでいる彼女にきいた。だいぶ時間が経ってから、

「繁児は特に天才肌の人でしたから常人《じょうじん》には考えられないような面はありましたわ」

久子は難しい顔をして言った。

「検事さん、一度、主人の絵を見てくれませんか？　最近の繁児の絵で気になることがあって」

沢木は、千駄木にある小糸繁児のマンションに出かけた。千代田《ちよだ》線の駅を下りると、不忍通《しのばずどお》りは車の渋滞で狭苦しい圧迫感におそわれた。沢木は、公園の方に向かった。アトリエとしていたマンションの部屋は、手つかずにそのままの状態にあった。

マンションの近くに、森鷗外《もりおうがい》が三十年間住んだという観潮楼《かんちょうろう》跡がある。また、アトリエの窓から、根津神社の境内を眺めることができた。

繁児の妻の久子がアトリエで待っていた。初冬の陽光が、真紅《しんく》の絨毯《じゅうたん》に明るい輝きを与えていた。

床や壁に、描きかけの絵がある。久子は、風呂敷で包まれた二十号の絵を持ってきて包みを解いて、沢木に見せた。

浅草の羽子板市《はごいたいち》の絵だ。着物姿の美しい女の持っている羽子板の役者絵の顔は、悲嘆にくれたように醜《みにく》く歪んでいた。

沢木は久子の顔を覗きこんで、

「この絵に何か？」

と、きいた。

「あの絵と比較して見てくれませんか？」

久子が、壁に並んでいる絵を指差した。繁児の最近の作品であった。

「あの壁の絵は、繁児がこの秋に完成させたものなんですが、小さくまとまってしまっています。構図にしろ、色の使い方にしろ、あまり感心するものはありません」

と、久子が解説した。彼女も、もともと画家志望だっただけあって、絵の鑑賞眼はあった。

「それに比べて、こちらの羽子板市の絵、少し違うと思えません？」

沢木はじっと絵を見つめていたが、

「私は絵のこと、まったくわかりませんが、色調など、違うような感じがしますね。それに、この羽子板市の絵には、何か激しいものが感じられますが、壁にかかった絵には、どこか脅《おび》えのようなものが感じられますねえ」

と、羽子板市の絵と、壁の絵を見比べて言った。久子はもう一枚の絵を取り出し、羽子板市の絵の隣に置き、

「この二枚の絵だけ、どこか違うんです。まるで繁児の絵じゃないようですわ」

沢木は、壁の絵と比べて見た。沢木の目にもなんとなく違うように感じられた。

「最近、たしかに繁児はふさぎこんだり、怒りっぽくなったりしていました。創作の時、いつも張り詰めた神経をしているのですが、最近の繁児の様子はいつもと違うような感じがしましたわ」

久子は眉をひそめた。そして、沢木に顔を向けて言った。

「検事さん、繁児の心に何か動揺があったようです。繁児にとって、とてもショックなことが……」

「それは何だか、わかりませんか？」

「さあ、でも創作上のことに間違いありません。繁児にとって絶望的なことだったと思います。画家としての繁児に……」

「画家として……」

沢木はその言葉をくり返した。

沢木は久子から「美の世界」という雑誌を借りた。この中に書かれた小糸繁児の評伝から、繁児の絵の秘密を探ろうとした。

沢木は、文芸部記者の深田義郎が書いた小糸繁児評伝を読んで、小糸繁児の絵なり、人物なりと相田早苗とのかかわりが、ある程度理解できた。早苗との出会いが繁児の絵に及ぼした影響もわかるような気がした。

しかし、この文章はどこか痒《かゆ》いところに手の届かないもどかしさが感じられた。それは何だろうか。沢木はもう一度、はじめから読み返した。

その結果、佐伯竹次郎の存在だとわかった。佐伯竹次郎と繁児の関係に、今一歩踏み込んでいないのだ。いや、筆者は踏み込む寸前で、躊躇《ちゆうちよ》している感じであった。

沢木はそのことが知りたくなった。

4

北風をまともに受けながら、不忍池をまわった。雑誌「美の世界」の小糸繁児評伝を書いた深田義郎は、いまは不忍池の近くで画廊《がろう》喫茶を開いていた。

自分が行きましょうか、という谷本を断って、沢木はひとりで深田を訪れたのである。

深田の店には、壁いっぱいに絵が飾ってあった。深田はベレー帽をかぶり真っ赤なセーター姿で、とても五十過ぎには見えなかった。深田は、沢木がもってきた「美の世界」を懐《なつ》かしそうに見た。

「この記事のなかで、あなたははっきり書いていない部分があるんじゃないでしょうか。そのことを教えていただけませんか？」

沢木の質問に、しばらく迷った末、

「検事さん。ここだけの話にしてくださいよ。今年の八月に佐伯竹次郎は心筋梗塞《こうそく》で亡くなりましたが、家族がいますからねえ」

と、深田は言った。

「小糸繁児にはとても興味を覚えたのです」

深田の話によると、佐伯竹次郎は昭和二十年代に、尾久《おぐ》の料亭に入り浸《びた》っていた時期がある。当時の新進画家のグループといつも一緒に遊んでいたようだった。絵が売れはじめていた頃である。その座敷に当時よく呼ばれたのが、三千代《みちよ》という名の芸者であった。

「三千代というのが小糸繁児の母親です」

と、深田は言った。

「私は、佐伯竹次郎が繁児の実の父親ではないかと思いましたよ。三千代は佐伯と恋に落ちて子供を宿した。しかし、佐伯は三千代が妊娠したと知って、彼女を捨てたんじゃないか。私はそう思いましたねえ。その後、佐伯竹次郎は美術展に入選し、頭角《とうかく》を現していった。佐伯が有名になるほど、捨てられた女の恨《うら》みが深くなる。母子を捨てた男に対する復《ふく》讐《しゅう》ではないか。私はそう思ったんです。繁児に佐伯竹次郎の絵を見せたのも、佐伯に対する、いや自分の父親に恨みを植えつけるためではないかと思ったんですよ。でも、この考えは、すぐに私の頭から去りました。なぜなら、母親は繁児に絵を描かせているのです。そこまで考えて、私はある結論に達したのです」

深田は唾《つば》を呑み込んでから続けた。

「三千代は繁児を産んだ後、佐伯に対して認知を求めたでしょう。しかし、佐伯は否定した。芸者だから、どんな男の子供かわかりゃしない、とはねつけたのかもしれません」

深田は一息ついてから続けた。

「血液型は同じでも断定できないでしょう。顔つき、くせなど血の繋《つな》がりを示すものが似ていれば、子供だと言うことができるかもしれない。だが、それは頼りないものです。そこで、唯一、繁児が佐伯の子供だという証拠、それは、繁児の絵の才能です。母親は繁児に絵の才能があることを世間に知らせ、繁児が佐伯の子供であることを認めさせようとしたのではないか。私の考えはこれでしたね。はかない女のあがきのように、母親は繁児に絵の勉強をさせた。それも、佐伯竹次郎の絵だけを教材に……。こう考えて、はじめて繁児の絵の秘密がわかるような気がするのです。繁児の内部には、母と自分を捨てた佐伯竹次郎に対する恨みが巣食っているのですよ」

「そのことは、なぜ、記事にはされなかったのですか？」

「原稿には書いたんですがね。小糸繁児に原稿を見せたら、これはでたらめだと怒鳴《どな》られましてね。やむなく削除したんですよ」

5

その夜、沢木は虎ノ門《とらのもん》の行きつけの店で、高松地検時代の友人と会った。身内の結婚式が明日あるので今日の夜、東京にやってきたのである。

友人の高岡《たかおか》検事は、いかつい顔で、いかにもテレビドラマに出てくる悪役のいやな検事のような風貌《ふうぼう》であったが、実際は涙もろく、やさしい人間であった。

彼は高松地検の公判検事で、法廷に立っている。

「貴子《たかこ》さん、まだかい？」

高岡は焼酎《しょうちゅう》のお湯割りをだいぶ呑んでいた。顔も赤くなっている。貴子というのは、沢木の妻で去年結婚したばかりであった。

「俺のところは、もうじき二人になる」

と、高岡はタクアンを頬《ほお》ばって言った。

「もう少し、二人でのんびりしたい」

沢木はレモンサワーのグラスを口から離して言った。高岡の妻と貴子は友人同士であった。

「うちのやつがよろしく伝えてくれって言っていた。貴子さんが東京へ行って、寂しそうだよ」

「貴子も会いたがっているよ」

その店を出たのは、九時過ぎだった。

「もう一軒、いいだろう?」

高岡が別れがたそうに言った。沢木も久しぶりに仕事を忘れたかった。

東京にいた当時、高岡がよく行ったという新宿御苑《ぎょえん》の傍《そば》のスナックにまわった。

古いビルの地下の狭い階段をおりて、高岡は扉をおした。店内は、案外《あんがい》と広かった。中年のママが、高岡の顔を見て、懐かしそうな仕種《しぐさ》をした。

「よく、来てたのか?」

沢木は、ママが去った後、おしぼりをつかいながらきいた。

「そう、俺の青春が残っている」

高岡が店内を見まわした。カウンターの横で、ピアノの弾《ひ》き語りをしている。ビールを呑む手をとめ、高岡が、

「おや、あれは、早池直人《はやいけなおと》じゃないかな」

と唄っている歌手の横顔を見て言った。

弾き語りをしているのは、中年の男性歌手であった。沢木は意外そうに、

「へえ、君が唄に興味があるとは知らなかった。歌謡曲をばかにしていたじゃないか」

「いや、そうじゃないんだ。あの歌手、誰かに似ていると思わないか？」

高岡がきいた。沢木が首をふると、彼は、Tというベテラン歌手の名前をあげた。沢木も知っているくらいだから、ある程度は有名な歌手であった。そう言われてみれば、弾き語りしている男は、どこかそのベテラン歌手に似ているようであった。

「それがどうしたんだい？」

「早池直人は、そのTのそっくりさんでね」

と、高岡が小声になって、

「もう二十年近くも前のことなんだが」

と、高岡は喋《しゃべ》りだした。

「早池は、歌手のTのそっくりさんとして全国のキャバレーでかなり稼《かせ》いでいたんだ。と

ころが、贋物《にせもの》のほうが歌はうまいし、芸達者でね。本物以上にひっぱりだこだった。おかげで、Tのほうが仕事が減ったと言って訴えを起こしたというわけさ」

「ほう。で、どうなったの？」

「結局、示談《じだん》になった。早池は今後一切、そっくりさんで商売しないと約束したのさ。だがね、早池はもう堂々と自分で芸をつかんでしまったから、自分の名前で立派に商売できるようになった。ところが、早池は翌年、交通事故にあってね。一年間入院するはめになったんだ」

沢木は空《から》になったグラスを持ったまま、弾き語りの唄をきいていた。

「Tは早池が交通事故にあって助かったと言えるだろう。もし、早池が健在《けんざい》だったら、ベテラン歌手Tはとっくにつぶれていただろうって、早池の周囲の人は言っていたね。なにしろ、早池の唄には心があるからね……」

「贋物が本物を超えるか……」

「贋物と本物ということではないにしても、同じようなタイプというものは非常なライバルになるだろうね。たとえば歌手のAだってそうだ。同じような歌い手のKが登場してから人気は下火になってしまった。実力がなければ一番煎《せん》じになるが、もし実力があったら、ファンは後から登場したほうについてしまうんだろうね」

高岡は懐かしい顔を発見したせいか、饒舌《じょうぜつ》になっていた。

弾き語りの唄に、沢木は心を奪われた。いや、その唄声が沢木の頭の中に別な連想の手伝いをした。

芸術は模倣からはじまる。

沢木の脳裏《のうり》に、一枚の絵が浮かんだ。あの絵は……。

「おい、どうしたんだ？」

高岡の声が、遠くに聞こえた。


取調室に入ってきた早苗に待ち切れずに、沢木はきいた。

「あなたは美術大出身なんですね？」

沢木は、早苗にきいた。早苗は、髪をうしろで束《たば》ねていた。

「絵は、あなたはお描きになりますか？」

早苗はきょとんとした顔で、

「はい。ときどき描いていますが……」

と、はずかしそうに答えた。

「この絵なんですがね？」

沢木は脇に用意しておいた絵を風呂敷から出して、早苗に見せた。

繁児のアトリエにあった絵である。

早苗は、その絵を見た瞬間、大きく目を見開いたが、すぐに眉をひそめ、

「その絵に何か？」

と、不安そうにきいた。

「これは、小糸繁児の絵じゃありませんね。この絵、あなたが描いたものじゃありませんか？」

沢木は静かな口調で言った。

「どうして、その絵が……。あの人の死と関係あるですか？」

早苗は抗議するように言った。

「この絵を専門家に見てもらいました。そうしたら、繁児の作風に似ているが、いや、繁児を模倣しているが、別人のものだという鑑定でした。ただし、ある部分は相当にうまいという評価でした」

沢木は言葉を切ってから、

「ある画商が、繁児のアトリエでこの絵を見て、ぜひ譲ってくれと頼んだそうです。いくらでも金を出すからとね。ところが、繁児は頑《かたく》なに拒《こば》んだそうです。その時、繁児はもの

すごい形相《ぎょうそう》だったらしい」

沢木は早苗の白い顔を見つめ、

「繁児以外の絵がなぜ、繁児のアトリエにあったのか。それは、この絵があなたの絵だからでしょう。そうじゃないですか?」

早苗は唇を震わせている。

沢木は、立ち上がって、窓辺に寄った。初冬の凍《い》てつく空気の中で、虚勢《きょせい》をはっているような街路樹の枝を見つめた。沢木のまぶたに、スナックで見た初老のピアノ弾きの早池直人の顔が浮かんだ。

「これは私の想像なんですが……」

ふり返ってから、沢木は言った。

「小糸繁児はあなたを恐れたんじゃないでしょうか。あなたの才能を」

「どういうことですか?」

早苗は弱々しい声を出した。

「小糸繁児はあなたをライバルとして見たのですよ。それも強力なね」

「ライバル? なぜ、あの人が私のことをライバルと思うのでしょう?」

「小糸繁児の作風は特異な世界です。特異な分野で生き残れるのは、たった一人しかない。そこにあなたが割り込もうとしてきたんです」

「…………」

「あなたの絵が未熟なうちはよかった。しかし、あなたの絵を画商までが評価した。そうなると、別じゃないですか。あなたの意思とはかかわりなく、あなたは一人歩きしてしまうんですよ」

「そ、そんな……」

「あなたも、画家になる夢を捨てていないんでしょう。あなたの描いた絵を見た瞬間から、繁児にとって恐ろしい相手になったのですよ、あなたが」

「…………」

「繁児にとって不幸なことは、そのライバルがあなただったことです。彼はあなたを愛していた。最愛の女が自分を脅《おびや》かす存在として目の前にいる。その苦悩のなかで、繁児は破滅していったんですよ」

「そんなこと信じられません！」

沢木は早苗の声を無視して言った。

「繁児はあなたを真剣に愛していた。愛する女に自分の嫉妬《しっと》を見られたくなかったのです。そのぶん、内部にどうしようもないものがくすぶっていたんでしょう」

沢木は早苗を見つめて言った。

「いろいろ調べてみました。しかし、この解釈以外に、繁児が無理心中をはかる理由がないのですよ」

「検事さん、今のお話、私にはとうてい信じられませんわ」

早苗はやっと口を開いた。

「夏に、佐伯竹次郎が亡くなっていますね。繁児は親子であることを絵の才能で証明しようとしていた。ところが、竹次郎が死んで気持ちの緊張がゆるんだのかもしれない」

そのとたん、早苗がわっと机につっぷし泣き出した。驚いて沢木が肩を叩《たた》いても、早苗は背中を大きく波打たせて泣きやまなかった。

そのうち、早苗が顔をあげた。

「違うんです」

早苗はしぼり出すような声を出した。

「違う？　違うとはどういうことですか？」

沢木は尋ねた。

「あの絵を描いたのは私じゃありません。私にはそんな技量《ぎりよう》はありません」

「違う？　じゃあ、誰なんですか？　あの絵を描いたのは誰なんですか？」

沢木は身を乗り出してきいた。

早苗は大きな瞳で、沢木を見つめ、それから、ふうとため息をついたように、

「佐伯竹次郎です。あの人の父親の佐伯竹次郎です」

6

それはあるパーティ会場でのことでした。ある画家の誕生日でした。画壇の大家とよばれる人の祝いであり、小糸繁児も私を連れて出席しました。

その会場に、佐伯竹次郎もいました。銀髪とは対照的なつややかな肌は、若々しく、寄りそう奥様は赤坂《あかさか》の芸者上がりで、色っぽい女性でした。佐伯の三度目の妻だそうです。

その席で、佐伯竹次郎は繁児をまったく無視したのです。もっとも、繁児も佐伯にあいさつしようとしませんでした。佐伯のまわりには画商や美術評論家、それに若手の画家など、おおぜい群がっておりました。

繁児は遠くから佐伯を恨みのこもった目つきで見ていました。その繁児を見るのが、私にはとてもつらかったのです。繁児の佐伯に対する怒りは、父への愛情の裏返しの表現に違いない。私はそう思いました。

その夜、繁児は私を激しく抱きました。まるで苦しみから逃れるような繁児の行為でした。私は繁児の胸の中からききました。

「佐伯竹次郎は、あなたのおとうさまでしょ？」

その瞬間、繁児は私の顔をまじまじと見つめていましたが、

「ば、ばかな。どうしてそんなことを？」

あわてたように、繁児は顔をそむけました。その横顔に浮かんだ怒りを、私は見逃しませんでした。

「今に見てろ。佐伯をきっと見かえしてやる」

と、吐き捨てるように言ったのです。

私が佐伯竹次郎に会いに、横浜の高台の瀟洒《しょうしゃ》な邸宅と呼ぶにふさわしい家に行ったのは、それから二日後のことでした。

私の突然の訪問に、佐伯は太い眉の下の眼を疑わしげに、私を迎えました。離れがアトリエになっています。

応接間で改めて顔を見ると、佐伯は気難しい感じで気遅れがしました。頑固そうで、意地が悪そうな印象でした。

「どんなご用ですかな？」

佐伯が若々しい声で言いました。

「小糸繁児の件でございます」

私の声は緊張しておりました。

「お願いでございます。繁児さんをいじめないでください」

いきなり、私は床の緋《ひ》の絨毯に膝《ひざ》をつき、佐伯に向かって頭をさげました。

「何をいきなりおっしゃるのかと思ったら。どうして私が小糸くんをいじめると思うのかな。私は彼のためを思って、アドバイスしているつもりなんだがね？」

「でも、先生の非難のお言葉は繁児に突き刺さるようです」

私は必死に頼んだのです。

静かな住宅街で、庭には白菊が風にゆれていました。佐伯は、何気ないそぶりで、眼を横に向けました。その視線を追いました。応接間の隅に書棚があり、そこの、「美の世界」という雑誌が目に入りました。その中に、小糸繁児の評伝が掲載されているのです。また初期からの作品も載っています。

佐伯はその絵を見ているに違いない。やはり、佐伯も繁児には関心があるのだ。それは、もはや、単に若い画家というより、血の繋がりのある者に対する熱い思い以外の何ものでもない。私は胸に迫るものがあり、堪《た》えきれなくなったのです。

「先生は、ほんとうは……」

私は声をふりしぼってききました。

「小糸繁児のおとうさまではないのですか?」

佐伯は目をむいて、私を見ました。恐ろしい形相でした。頰が痙攣《けいれん》したように、ピクピク動いていました。佐伯が口を開いたのは、だいぶ後になってからでした。

「君は、そのことを確かめにここに来たのかね?」

佐伯は穏やかな表情に変わっていました。私は首をたてにふりました。

佐伯はパイプに葉を詰め、火をつけてから、

「繁児は私を恨んでいる。それが、彼の絵に不必要な翳《かげ》りをもたらしていた。ところが、あなたという女性にめぐりあって、あいつは変わったんだ。それはよくわかる。しかしね。まだ、足らない。あいつが、もっともっと成長するためには、まだ不足しているんだよ」

「それを教えてやっていただけないでしょうか?」

私は必死に頼みました。

「いや、彼は私の言うことに耳を貸さんだろうよ」

「どうしてでしょうか?」

「彼は、私の絵からいろいろ学んだそうだね。しかし、彼はある時期から、私の絵を卒業してしまったんだ。それは、彼が私を意識したからだろう……」

私は、なんとなくわかる気がしました。繁児は、父親が佐伯だと気づいた時点から、佐伯から離れたのではないでしょうか。それまで、佐伯の絵から学びながらも、最後のものをつかむ前に、繁児は佐伯を捨てたのです。

「あなたは、そんなにあの男のことを思っているのかね？」

「はい。私の生きがいです。あの人の絵が……」

腕組みを解いて、佐伯が言いました。

「あの男は、他人の絵から何かを学んできた。あの男に口で言ってもだめだ。絵で語らせなければね」

「絵で語らせる？」

「私に任せてくれるかね？」

佐伯は笑みを見せました。そして、こう言ったのです。

「あの男の絵を数点、こっそり持ってきてくれないか」

数日後、私は繁児の絵を数枚、佐伯のアトリエに持ち込みました。佐伯の言った意味を、私が知ったのは、それから二カ月後でした。

佐伯のアトリエで見せられたのが、小糸繁児が描いたと見紛《みまご》う絵でした。

「これは？」

「この絵に、繁児の足りない物を託《たく》してある。繁児はこの絵から何かを触発されるはずだ。ただし……」

佐伯はそこで言葉を切り、真剣な表情で私を見つめ、

「この絵を私が描いたと言えば、きっと反発して逆効果だ。決して、私の名前を出してはいけない。わかったね」

「じゃ、どうすればいいのでしょう？」

「あなたが描いたものにしなさい。いいね。あなたが描いたものですよ」

佐伯は念を押したのです。

その絵を見た時の繁児の驚愕《きょうがく》は忘れることができません。声を出すのも忘れ、しばらく絵を見続けていました。

それから、数日後、私が繁児のアトリエを訪ねた時、部屋の中央に座り込んでじっとしている繁児を見ました。私が部屋に入ったことさえ気づかず、繁児はじっと何かを見つめていたのです。それが、佐伯の描いた絵でした。

佐伯にこのことを告げると、たいそう喜びました。それで、佐伯はもう一枚絵を描いた

のです。

その絵は、さらに繁児に衝撃を与えたようでした。

7

沢木は、佐伯竹次郎の家に行き、佐伯夫人に確かめた。すると、夫人は、確かに相田早苗という女性は主人を訪ねて何度か見えた、と答えた。どんな用だったか知らないと言った。しかし、繁児のことは一笑《いっしょう》にふした。

「私には何となく理解できませんねえ」

検察事務官の谷本が言った。

「小糸繁児はそんな弱い精神の持ち主だったのでしょうかねえ。愛する女の才能に嫉妬して、死を選ぶほど弱い男だったのでしょうかねえ」

「実は、私もそこにひっかかるんです」

沢木は正直に答えた。だから、起訴状の作成がためらわれていたのだ。

谷本が首をかしげて言った。

「それに、絵で語らせるということが、私なんかには理解できませんねえ」

「繁児は子供の頃から、自分の絵を見て育ってきたから、絵から何かをつかむと思ったのかもしれませんね」

「でも、ほんとうに子供が可愛《かわい》いのなら、直接指導してやればいいじゃないか、と思うのですがねえ」

「繁児のことは、佐伯にとって秘密のことだったんでしょう」

沢木は答えたが、あることが気になった。

沢木は再び、繁児の妻久子を日暮里に訪ねた。瀟洒な一軒家である。子供がいないせいか、小綺麗《こぎれい》な部屋であった。

「小糸繁児は佐伯竹次郎と芸者三千代との間にできた子供なのでしょうか?」

沢木は居間に腰を下ろしてから、さっそくきいた。すると、久子は、

「いいえ、違います」

と、答えた。あまりに、あっさり言うので、沢木は、あっけにとられて久子の顔を見つめた。

「『美の世界』という雑誌を読んで、私もそう想像していました」

久子は煙草をくわえて言った。

「それで、繁児にきいたことがあります。彼、否定しましたわ。検事さん、繁児は佐伯竹

次郎の子供ではありません」

「じゃあ、繁児と佐伯の関係は……？」

久子は煙をはいてから説明した。

「佐伯が新進画家として評判を得るようになったのは二十代後半なんですが、佐伯の仲間に、牟礼育夫《むれいくお》という画家がいましてね。年齢的には、牟礼の方が一年先輩でした。牟礼が伸びはじめた頃、同じような作品を佐伯が発表し、それから牟礼は絵を描かなくなっているんです。いえ、描けなくなってしまったんですよ」

「………」

「佐伯は牟礼の絵の模倣によって腕を上げたんです。牟礼の絵を盗み自分のものにしていったんですね。牟礼がせっかく物にした絵の心を、佐伯は盗み、それ以上の作品に仕上げてしまったそうですわ。牟礼が描いた絵は、みな佐伯竹次郎の養分になってしまうのです。それで、牟礼は描けなくなってしまったんですよ」

「その牟礼育夫というのは、どうなったのですか？」

「しばらくして蒸発し、千葉の海岸で水死体で発見されたそうです」

「まさか……」

久子はうなずいてから、

「小糸繁児の母親のことをよく知っている女性が、上野に住んでいます。同じ芸者だった人です。検事さんが、その女性に直接確かめてください」

と、言った。

沢木は場所を聞いてから、その足で出かけた。

その元芸者は、上野にある老舗《しにせ》に後妻として入っていた。六十近いが、どことなくあかぬけていた。

「三千代さんを、佐伯さんと牟礼さんが奪い合っていましたわねえ。結局、三千代さんは牟礼さんと愛し合うようになりましたが、牟礼さんは千葉の海岸で自殺し、そのことで佐伯さんを相当、恨んでおりましたわ」

元芸者は目を伏せて言った。

「三千代さんは生まれた子に絵を習わせていたのです。ちょうど、その頃、佐伯も結婚し子供が生まれました。三千代さんは、佐伯の子供に負けないような絵描きに繁児さんを育てたかったのでしょう。それが、愛した人の画家生命を奪った佐伯竹次郎に対する復讐だったのです」

沢木は、ふと、その時、佐伯竹次郎の陰謀に気づいた。

佐伯は、小糸繁児が牟礼育夫の子供だと気づき、恐れていたのだ。牟礼の実力を一番知っているのは佐伯だった。その血をひいた子供が自分の絵をもとに勉強を続けていることに脅威を感じたのだ。

だから、早苗が佐伯の前に現れた時、昔、牟礼を蹴落とした方法で、繁児に精神的動揺を与えようとし、あのような企《たくら》みを持ったのではないか。父親と同じ、繊細な神経を受け継いだ繁児を、まったく同じ方法で佐伯は抹殺《まっさつ》しようとしたのだ。そうとも知らない早苗は、愛する男のためを思って、佐伯竹次郎の言うとおりに動いたのだ。愚かといえば愚かだし、哀《あわ》れといえば、早苗はあまりにも哀れであった。自分が繁児を破滅に追い込む片棒をかついでしまったのだから。

相田早苗はその後、裁判で無罪が確定した。優秀な弁護士がついたせいもあるが、検察側も被告人には同情的であったからだ。

裁判が終わって数カ月後、沢木検事は葉書を受け取った。それは、絵の個展の案内状だった。相田早苗の個展が、銀座の画廊で開かれるというものであった。

沢木は意外であった。早苗に画家として才能があったのだろうか。沢木はその会場に出かけた。

小綺麗な会場は、かなりの人出だった。沢木は絵を見てまわった。ずっと、眺めているうちに、沢木は妙な印象をもった。どこか小糸繁児の絵に似ているのだ。しかし、それは当然のことかもしれない。そもそも、早苗は小糸繁児の絵にひかれ弟子入りしたのだからだ。が、その瞬間、あることがひらめいた。

はっとしてふり返ると、人の輪の中に、一際《ひときわ》目立つ美貌《びぼう》の早苗がいた。取調室であった彼女とは別人のような妖艶《ようえん》さがあった。ふと、早苗が沢木に気づいて会釈した。

しかし、沢木は顔が強張《こわば》るのを感じた。早苗の横に、これも華やかな装《よそお》いの繁児の妻の姿があったからだ。

そういえば、この画廊は喫茶店にもなっており、オーナーが繁児の妻であった。彼女は繁児の遺産を相続し、この画廊喫茶をはじめたのであった。

沢木の頭の中に黒い雲がわきあがるように、ある疑問が浮かんだ。

繁児の妻久子は、牟礼育夫のことを知っていたのだ。だとすれば、早苗も当然、そのことを知っていたのではないだろうか。佐伯竹次郎が描いて、早苗に渡したという絵は、ひょっとして早苗自身が描いたものではないだろうか。その部分だけ、彼女は嘘をついている。

沢木は目がくらむようなショックを受けた。ひょっとすると、早苗と久子ははじめから共犯だったのではないか。小糸繁児を抹殺するために、二人で今回の無理心中事件を企んだのではないか。

繁児の妻はもうとっくに愛情をなくしていた。一方、早苗はもともと絵が描きたくて繁児に弟子入りしたのだ。彼女は繁児から盗むものは全て盗んだ。そして、画家としてデビューするために、早苗は繁児に別れ話を持ちかけたのだ。もともと、早苗は繁児の才能にほれていただけだった。

しかし、繁児は怒り狂った。繁児はいつまでも、早苗を愛人として手元に置きたかったのだろう。繁児は早苗の才能に脅えて悩んでいたのではなく、早苗の別れ話に取り乱していたのだ。

早苗は繁児がいる限り、画家として一本立ちできないと思った。嫉妬に狂った男は何をするかわからない。

早苗と久子は、繁児を殺害することを考えた。これがこの無理心中事件だ。小糸繁児の出生の秘密を利用し、あの完全犯罪を企んだのだ。繁児の父親が、佐伯竹次郎に翻弄《ほんろう》されて自殺したことを利用し、繁児も同じような死に方をさせたのだ。ただ、自殺を偽装することは難しいので、無理心中という手のこんだ方法を使った。

もともとは起訴されるまで、早苗は自分が無理心中を図ったと自供し、裁判でそれをひっくり返すという計画だったのだろう。弁護士によってやむなく真実が明らかにされるという効果を狙った。ところが沢木が弁護士の役割を果たした。早苗にとっては願ってもないことであった。

久子は、沢木が繁児の出生の秘密に目がいくように導いていた。考えてみれば、才能に対する嫉妬から繁児が無理心中を図ったという動機そのものが不自然だった。だが、繁児の父親が現実に自殺しているという事実が、不自然さを消してしまったのだ。

芸術家というのは特殊な精神構造を持っているという先入観から、そんなことを信じてしまったのだ。いや、そのように思いこまされたのだ。

しかし、証拠はない。また、沢木の思い過ごしかもわからない。早苗の言うことは、やはり事実なのかもしれない。

早苗が真っ赤なドレスを翻《ひるがえ》して、沢木の前にやってきた。

「その節は、お世話になりましたわ」

早苗は妖艶に、沢木に微笑《ほほえ》みかけた。小糸繁児の遺志を継ぐ美貌の画家として、早苗は売り出していくに違いない。

本作品は、一九八七年八月に中央公論社より単行本で、九五年六月中公文庫より刊行されました。

一〇〇字書評

偽証

切り取り線

購買動機（新聞、雑誌名を記入するか、あるいは○をつけてください）	
□（　　　　　　　　　　）の広告を見て	
□（　　　　　　　　　　）の書評を見て	
□ 知人のすすめで	□ タイトルに惹かれて
□ カバーが良かったから	□ 内容が面白そうだから
□ 好きな作家だから	□ 好きな分野の本だから

・最近、最も感銘を受けた作品名をお書き下さい

・あなたのお好きな作家名をお書き下さい

・その他、ご要望がありましたらお書き下さい

住所	〒				
氏名		職業		年齢	
Eメール	※携帯には配信できません	新刊情報等のメール配信を 希望する・しない			

この本の感想を、編集部までお寄せいただけたらありがたく存じます。今後の企画の参考にさせていただきます。Eメールでも結構です。

いただいた「一〇〇字書評」は、新聞・雑誌等に紹介させていただくことがあります。その場合はお礼として特製図書カードを差し上げます。

前ページの原稿用紙に書評をお書きの上、切り取り、左記までお送り下さい。宛先の住所は不要です。

なお、ご記入いただいたお名前、ご住所等は、書評紹介の事前了解、謝礼のお届けのためだけに利用し、そのほかの目的のために利用することはありません。

〒一〇一－八七〇一
祥伝社文庫編集長　坂口芳和
電話　〇三（三二六五）二〇八〇

祥伝社ホームページの「ブックレビュー」からも、書き込めます。

www.shodensha.co.jp/bookreview

祥伝社文庫

偽《ぎ》証《しょう》

令和 2 年 6 月 20 日　初版第 1 刷発行

著　者　小《こ》杉《すぎ》健《けん》治《じ》
発行者　辻　浩明
発行所　祥《しょう》伝《でん》社《しゃ》
東京都千代田区神田神保町 3-3
〒 101-8701
電話　03（3265）2081（販売部）
電話　03（3265）2080（編集部）
電話　03（3265）3622（業務部）
www.shodensha.co.jp
印刷所　堀内印刷
製本所　ナショナル製本
カバーフォーマットデザイン　芥 陽子

 ISBN978-4-396-34638-6 C0193

祥伝社文庫の好評既刊

小杉健治
刺客殺し
風烈廻り与力・青柳剣一郎④

首をざっくり斬られた武士の死体が江戸で発見された。それは絶命剣によるもの。同門の浦里《うらさと》左源太《さげんた》の技か⁉

小杉健治
七福神《しちふくじん》殺し
風烈廻り与力・青柳剣一郎⑤

人を殺さず狙うのは悪徳商人、義賊「七福神」が次々と何者かの手に……。真相を追う剣一郎にも刺客が迫る。

小杉健治
夜烏《よがらす》殺し
風烈廻り与力・青柳剣一郎⑥

冷酷無比の大盗賊・夜烏の十兵衛が、青柳剣一郎への復讐のため、江戸に戻ってきた。犯行予告の刻限が迫る！

小杉健治
女形《おやま》殺し
風烈廻り与力・青柳剣一郎⑦

「おとっつあんは無実なんです」——父は斬首刑、さらに兄にまで濡れ衣が……真相究明に剣一郎、奔走！

小杉健治
目付殺し
風烈廻り与力・青柳剣一郎⑧

腕のたつ目付を屠《ほふ》った凄腕の殺し屋を追う、剣一郎配下の同心とその父の執念！　情と剣とで悪を断つ！

小杉健治
闇太夫《やみだゆう》
風烈廻り与力・青柳剣一郎⑨

百年前の明暦《めいれき》大火に匹敵する災厄が起こる？　誰かが途轍《とてつ》もないことを目論んでいる……危うし、八百八町！

〈祥伝社文庫　今月の新刊〉

梓林太郎
博多　那珂川《なかがわ》殺人事件
旅行作家・茶屋次郎の事件簿
病床から消えた元警官。揉み消された過去が明らかになったとき、現役警官の死体が！

西村京太郎
十津川警部シリーズ　**古都千年の殺人**
京都市長に届いた景観改善要求の脅迫状――。十津川警部が無差別爆破予告犯を追う！

森　詠
ソトゴト　謀殺同盟
公安の作業班が襲撃され、一名が拉致される。七十二時間以内の救出命令が、猪狩に下る。

小杉健治
偽証《ぎしょう》
誰かを想うとき、人は嘘をつく――。静かな筆致で人の情を描く、傑作ミステリー集。

小路幸也
マイ・ディア・ポリスマン
〈東楽観寺前交番〉、本日も異常あり？　凄ワザ自慢の住人たちの、ハートフルミステリー。

三好昌子
むじな屋語蔵《かたりぐら》　**世迷《よまよ》い蝶次**
〝秘密〟を預かる奇妙な商いには、驚きと喜びが。重荷を抱えて生きる人に寄り添う物語。

黒崎裕一郎
必殺闇同心　隠密狩り　新装版
阿片はびこる江戸の町で高笑いする黒幕に、〈闇の殺し人〉直次郎の撃滅の刃が迫る！

稲田和浩
豪傑　岩見重太郎
決して諦めない男、推参！　七人対三千人の仇討ち！　講談のスーパーヒーロー登場！

岩室　忍
信長の軍師外伝　**家康の黄金**
家康に九千万両を抱かせた男、大久保長安。江戸幕府の土台を築いた男の激動の生涯とは？